はじまるよ

どうしよう、もちぱんのヒミツが……

あるところに、おもちみたいにやわらかくて
パンダのような生《い》きものがいました。
それが〝もちもちぱんだ〟。略《りゃく》して〝もちぱん〟。

なまけものの大《おお》きいぱんだ〝でかぱん〟と、
でかぱんのことが大好《だいす》きな〝ちびぱん〟は、
きょうも元気《げんき》にだらだらしていたのだけど、
ある日《ひ》、ヒミツがバレて(!?)大《だい》ピンチに……。

もちもち♥ぱんだって‥‥？

もちもちぱんだには、おおまかにわけると「でかぱん」と「ちびぱん」の2種類《しゅるい》がいるよ。いつも、もちもちくっついたり伸《の》びたりしているもちぱん。その正体《しょうたい》は、パンダ？　それとも、おもち？

DEKAPAN
でかぱん（大《だい》ぱんだ）

なまけものの、大《おお》きいぱんだ。ほっぺたをちぎって丸《まる》めて、ちびぱんを作《つく》るよ。気《き》ままで、やりたいことはガマンしないんだ。

さみしくてちびぱんを作《つく》るけど、おなかがすくとちびぱんを食《た》べちゃうことも……。

でかぱん調査結果《ちょうさけっか》 ㊙

身長《しんちょう》	30cm以上《いじょう》
体重《たいじゅう》	小型犬《こがたけん》くらい
好《す》き	もち米《ごめ》のおにぎり
	穴《あな》があいているもの
きらい	寒《さむ》いところ
	動《うご》くこと
	ねずみ

もちもちぱんだの作《つく》りかた

1 とる
2 こねる

CHIBIPAN

ちびぱん

（小《しょう》ぱんだ）

でかぱんのことが大好《だいす》きな、小《ちい》さいぱんだ。
いろいろな種類《しゅるい》がいるんだって。
くろぱんやしろぱんも、ちびぱんの仲間《なかま》だよ。

ちびぱん調査結果《ちょうさけっか》 ㊙

身長《しんちょう》	7cmくらい
体重《たいじゅう》	ハムスターくらい
好《す》き	でかぱん
	肉《にく》まん
	笹《ささ》
	穴《あな》があいているもの
きらい	寒《さむ》いところ
	ひとりぼっち

ちびぱんにはいろんな種類《しゅるい》がいるよ！

ゴールドぱん

めったに見《み》ることができない。見《み》ると幸《しあわ》せになれるとか。

しろぱん

なぞの液《えき》につけられるときに、逃《に》げだしちゃった。

くろぱん

でかぱんの失敗《しっぱい》からできた。やさぐれている。

もちぱんたちの願《ねが》い

mochi ♥ pan

くろぱんの
お願《ねが》いは・・・・・・。

もちもち♥ぱんだ
もちぱんのヒミツ大《だい》作《さく》戦《せん》
もちっとストーリーブック

著　たかはしみか　　原作・イラスト　Yuka《ユカ》

contents

もくじ

登《とう》場《じょう》人《じん》物《ぶつ》紹《しょう》介《かい》

モモカ（長沢《ながさわ》モモカ）

小学《しょうがく》五年生《ねんせい》の女《おんな》の子《こ》。家族《かぞく》は、パパ、ママ+もちぱん。
もちもち商店街《しょうてんがい》の町《まち》おこしポスターコンテストをきっかけに、
もちぱんたちとの暮《く》らしがはじまる。佐藤《さとう》くんのことが好《す》き。

佐藤《さとう》くん（佐藤《さとう》ユウト）

モモカのクラスの転校生《てんこうせい》。アイドルグループ「シャイン」のリーダー
望月《もちづき》カケルくん（ニックネームはモッチー）に似《に》ていることから、
でかぱんから「モッチーもどき」と呼《よ》ばれている。

ナホ、ミサキ　モモカのクラスメイトで親友《しんゆう》。

第《だい》1話《わ》「もちぱん探偵団《たんていだん》」、再《ふたた》び

放課後《ほうかご》、わたしはナホとミサキといっしょに学校《がっこう》の図書室《としょしつ》にいた。

四年生《ねんせい》までは、ここにはわりとよく来《き》ていて、本《ほん》を借《か》りていた気《き》がする。でも、五年生《ねんせい》になってからは、ほとんど来《こ》なくなってしまった。宿題《しゅくだい》が多《おお》くなったし、アイドルとかマンガとか、新《あたら》しく夢中《むちゅう》になれるものが増《ふ》えてしまったからかもしれない。

それに、今《いま》は家《いえ》に帰《かえ》って、ヒミツの友《とも》だちと遊《あそ》ぶのも楽《たの》しいし……。

わたしたちの学校《がっこう》の図書室《としょしつ》は、他《ほか》の学校《がっこう》に比《くら》べるとわりと大《おお》きめで、置《お》いてある本《ほん》も充実《じゅうじつ》しているらしい。

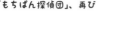

去年《きょねん》は見《み》かけなかった物語《ものがたり》のシリーズがずらっとそろえてあって、久《ひさ》しぶりにワクワクした。

その中《なか》の一冊《さつ》を手《て》に取《と》ってながめていると、ミサキが
「あっ、『不思議《ふしぎ》アパートシリーズ』だ。それ、おもしろいよね！」

と、横《よこ》から話《はな》しかけてきた。

「そうなの？　読《よ》んだことない」

「じゃあ、読《よ》んだほうがいいよ。おもしろいから、すぐ読《よ》めるよ！」

ミサキはそう言《い》いながら、別《べつ》の本棚《ほんだな》のほうへ行《い》ってしまった。

さすがミサキ、ちゃんと本《ほん》を読《よ》んでるんだなあ。わたしは感心《かんしん》した。

ミサキはずっと前《まえ》から少女《しょうじょ》マンガも大好《だいす》きで、自分《じぶん》で物語《ものがたり》を考《かんが》えるのが趣味《しゅみ》だ。文章《ぶんしょう》を書《か》くのもうまいから、学校祭《がっこうさい》のときはミサキが書《か》いた脚本《きゃくほん》を元《もと》にしたオリジナル劇《げき》で、うちのクラスが最優秀賞《さいゆうしゅうしょう》を獲得《かくとく》したんだよね。

わたしは絵《え》を描《か》くのは得意《とくい》だけど、文章《ぶんしょう》はほんとに苦手《にがて》。だから、ひそかにミサキを尊敬《そんけい》し

ている。

ミサキのおすすめ、どんなお話《はなし》なんだろう？

わたしは、『不思議《ふしぎ》アパートシリーズ』の一冊目《さつめ》、『不思議《ふしぎ》な同居人《どうきょにん》、あらわる』を手《て》に取《と》ると、そばにあったイスにこしかけて、ツタのからまった古《ふる》い建物《たてもの》のイラストが描《えが》かれたカバーをじっくりとながめた。

それから、裏表紙《うらびょうし》に書《か》かれたあらすじを読《よ》んで、わたしはドキッとした。

物語《ものがたり》は、主人公《しゅじんこう》がわけあって引《ひ》っ越《こ》してきたアパートの一室《いっしつ》に、不思議《ふしぎ》な生《い》きものがやってきて、いっしょに暮《く》らしはじめるという内容《ないよう》だったのだ。

なにこれ、すっごく気《き》になる！

だって、これってまるで、わたしの「ヒミツ」のことが書《か》いてあるみたい！

わたしは静《しず》かな図書室《としょしつ》の中《なか》でひそかに興奮《こうふん》しつつも、この本《ほん》を借《か》りることに決《き》めた。

そこへ、ナホが不安《ふあん》げな表情《ひょうじょう》をしてやってきた。

「え、モモカ、もう決《き》めたの？」

「うん。ミサキにこれがおもしろいって教《おし》えてもらって」

「えーっ、こんなに分厚《ぶあつ》いの読《よ》むの？」

「たしかにちょっと分厚《ぶあつ》いかな？　まだ一か月《げつ》あるからだいじょうぶじゃない？」

「わたし、ムリムリ。ああ、どれも読《よ》める気《き》がしないよ……」

わたしはちょっと笑《わら》ってしまった。ナホがここまで読書《どくしょ》が苦手《にがて》だとは知《し》らなかった。

わたしたちが今《いま》、図書室《としょしつ》に来《き》ているのには、こんなわけがある。

担任《たんにん》であるヤマさんこと山本先生《やまもとせんせい》が、学校《がっこう》の図書室《としょしつ》から一か月《げつ》に少《すく》なくとも一冊以上《さついじょう》の本《ほん》を借《か》りて、ヤマさんお手製《てせい》の読書《どくしょ》カードにあらすじと感想《かんそう》を書《か》くという宿題《しゅくだい》を考《かん》えたのだ。

ヤマさんは図書委員会《としょいいんかい》の担当《たんとう》でもあり、最近《さいきん》、図書室《としょしつ》の利用者《りようしゃ》が減《へ》っていることを気《き》にしているらしい。

「ナホ、いっしょに探《さが》そ。あのへんにあんまり厚《あつ》くなくてよさそうな本《ほん》があったよ」

わたしは自分《じぶん》の荷物《にもつ》と借《か》りようと思《おも》った本《ほん》をイスの上《うえ》に置《お》いたまま、すっかり元気《げんき》をなくしているナホをうながして、別《べつ》の本棚《ほんだな》のほうへ移動《いどう》した。

とちゅうからミサキも加《くわ》わって、なんとかナホが読《よ》めそうな本《ほん》を選《えら》ぶことができた。

「ふたりとも、ありがとう。借《か》りてくるね」

貸出《かしだし》カウンターへと向《む》かうナホを見送《みおく》りながら、わたしは自分《じぶん》もまだ貸《か》し出《だ》しの手続《てつづ》きを終《お》えていないことを思《おも》い出《だ》した。

「あっ、わたしもまだ借《か》りられてなかった。ちょっと取《と》ってくるね」

ミサキにそう言《い》って、わたしは自分《じぶん》の荷物《にもつ》と本《ほん》を置《お》いたイスのところへもどろうとした。

図書室《としょしつ》ってけっこう広《ひろ》いんだけど、本棚《ほんだな》があるし、通路《つうろ》に人《ひと》がいると直線《ちょくせん》で移動《いどう》できない。イスはそこに見《み》えているのに、遠回《とおまわ》りしなければならなかった。

すると、背《せ》の高《たか》い男《おとこ》の子《こ》が、わたしの荷物《にもつ》のあるイスのところにしゃがんでいるのが目《め》に入《はい》った。

なにをしてるんだろう。本《ほん》を持《も》っていこうとしてる……？

イスのところまでたどりついたときには、男《おとこ》の子《こ》はもう立《た》ちさっていた。

わたしの荷物《にもつ》も、借《か》りようとした本《ほん》も、イスの上《うえ》にそのまま置《お》いてあった。この本《ほん》を借《か》りたくて、ちょっと見《み》ただけなのかな。

わたしは、あまり深《ふか》く考《かんが》えずに本《ほん》を手《て》に取《と》り、貸出《かしだし》カウンターへと向《む》かった。

そして、カウンターへ本《ほん》を置《お》こうとしたとき、うっかり手《て》がすべって、本《ほん》を床《ゆか》に落《お》としてしまった。

「あっ、すみません！」

しゃがんで本《ほん》を拾《ひろ》おうとしたとき、わたしは一枚《まい》のカードのようなものが足元《あしもと》に落《お》ちているのに気《き》がついた。

さっきまで床《ゆか》にはなにもなかったから、おそらく本《ほん》が落《お》ちた衝撃《しょうげき》で、はさまっていたものが落《お》ちたんだろう。

拾《ひろ》おうとして、わたしはそのカードに書《か》かれた文字《もじ》にくぎづけになった。

【キミノ　ヒミツヲ　シッテイル】

えっ？

「モモカ、どうしたの？」

ナホとミサキに話《はな》しかけられて、われに返《かえ》ったわたしは、ふたりに見《み》られないようにカードを本《ほん》にはさみ、貸《か》し出《だ》しの手続《てつづ》きを済《す》ませた。

そのあと、とちゅうまで三人《にん》で帰《かえ》りながらも、わたしはうわの空《そら》だった。

わたしには、「ヒミツ」がある。人《ひと》には言《い》えない「ヒミツ」が……。それを、だれかに気《き》づかれてしまったのかもしれない。

あの男《おとこ》の子《こ》に？　どうしよう……。

ふたりと別《わか》れたあと、わたしは猛《もう》ダッシュで家《いえ》へと帰《かえ》った。

「ただいまあっ」

と言《い》いながら階段《かいだん》をかけ上《あ》がり、自分《じぶん》の部屋《へや》のドアを勢《いきお》いよく開《あ》けた。

「おかえり」

わたしの「ヒミツ」が、ベッドの上《うえ》にどっしりと座《すわ》ったまま答《こた》えた。

「モモカ、きょう、おそかったね」

わたしはだまって、大事《だいじ》な「ヒミツ」をだきしめた。

おもちみたいにやわらかくて、見《み》た目《め》はパンダみたいな不思議《ふしぎ》な生《い》きもの。

この子《こ》たちは、「もちもちぱんだ」という生《い》きものらしい。略《りゃく》して「もちぱん」という。

一番《ばん》大《おお》きくて三十センチメートルくらいあるのが、でかぱん。

「あーっ、モモカちゃんがでかぱんをギューッてしてる！　まぜて～」

と言《い》いながら、走《はし》りよってきたのは、でかぱんのことを大好《だいす》きなちびぱんたち。ちびぱんは、でかぱんがさみしいとき、自分《じぶん》のほっぺたをちぎって作《つく》ったものらしい。

前《まえ》に、もちもち商店街《しょうてんがい》の町《まち》おこしポスターを描《か》いて最優秀賞《さいゆうしゅうしょう》に選《えら》ばれたんだけど、その授賞《じゅしょう》式《しき》でもらったもち米《ごめ》の袋《ふくろ》の中《なか》にまぎれこんでうちにやってきたんだよね。

それから、いろいろなことがあったけど、今《いま》も変《か》わらずわたしの部屋《へや》にいてくれる大事《だいじ》な「ヒミツ」たち。

この「ヒミツ」がバレて、もちぱんたちがここにいられなくなったら、どうしよう？

これは実《じつ》は、わたしが毎日《まいにち》のように心《こころ》のかたすみにかかえている不安《ふあん》だった。

もちぱんたちとお別《わか》れするなんて、絶対《ぜったい》にたえられない……。

「モモカ、どうしたの？　なんか、変《へん》」

でかぱんが腕《うで》の中《なか》で、心配《しんぱい》そうにわたしを見上《みあ》げている。

「うん、ちょっとね。きょう、びっくりすることがあって」

「びっくりすること？」

「そう」

わたしは借《か》りてきた本《ほん》を取《と》りだして、でかぱんの前《まえ》に置《お》いた。

「本《ほん》？　モモカが本《ほん》を読《よ》むなんて、めずらしい」

「そんなことないよ。最近《さいきん》、ちょっと読《よ》んでなかっただけで」

「ふーん、で、この本《ほん》がどうしたの？」

わたしは本《ほん》を開《ひら》いて、例《れい》のカードをおそるおそる取《と》りだした。

「なに、これ？」

「よくわからないんだけど、ここに【キミノ　ヒミツヲ　シッテイル】って書《か》いてあるの」

「キミノヒミツ？　モモカのヒミツってこと？」

わたしはだまってうなずいた。

そして、図書室《としょしつ》での出来事《できごと》をでかぱんに説明《せつめい》した。

「モモカは、その男《おとこ》の子《こ》がイスのところにしゃがんでいたとき、このカードをはさんでいったと思《おも》ってるんだね？」

「そう」

「なんのために？」

「それはよくわからないけど……」

でかぱんは、しばらくの間《あいだ》、腕組《うでぐ》みをしてなにかを考《かんが》えているようだったけど、そのうちあきたのか、ベッドの上《うえ》でゴロゴロしはじめた。

「その男《おとこ》の子《こ》に聞《き》けばいいんじゃない？」

「知《し》らない男《おとこ》の子《こ》だったんだもん。学校《がっこう》の図書室《としょしつ》だから、同《おな》じ学校《がっこう》の人《ひと》だとは思《おも》うけど。他《ほか》の学年《がくねん》の人《ひと》かなあ」

「うーん、どうしてそんなに気《き》になるの？」

「だって、わたしのヒミツっていったら、あなたたちのことくらいしか思《おも》いあたらないし、それを知《し》られているとしたら、今度《こんど》こそ……」

言《い》いかけて、わたしは口《くち》をつぐんだ。声《こえ》に出《だ》して、それが本当《ほんとう》になってしまったらいやだったからだ。

もちぱんたちのことをだれかに知《し》られて、相手《あいて》がそれを信《しん》じなかったり、受《う》け入《い》れようとしなかったら、もちぱんたちは消《き》えてしまうかもしれない。

このことについては、もちぱんたち自身《じしん》もよくわかっていないみたい。でも、今《いま》のところ、もちぱんたちの存在《そんざい》を知《し》った人《ひと》が受《う》け入《い》れてくれた場合《ばあい》は、なにも変《か》わらずにいられるということだけはわかっている。

実《じつ》はすでに、同《おな》じクラスの佐藤《さとう》くんには、このヒミツを知《し》られてしまったんだけど、佐藤《さとう》くんはもちぱんたちの存在《そんざい》をすんなり受《う》け入《い》れたから、もちぱんたちが消《き》えてしまうことはなかったんだ。

「ねぇねぇ、モモカちゃん」

いつのまにか、ちびぱんたちが、考《かんが》えこんでいるわたしのまわりを取《と》り囲《かこ》んでいた。

「その男《おとこ》の子《こ》がヒミツを知《し》っていたとしても、信《しん》じて受《う》け入《い》れたら佐藤《さとう》くんといっしょってことでしょ」

「そうだね」

「今《いま》、こうして消《き》えてないんだから、その人《ひと》も受《う》け入《い》れたってことじゃない？」

「そうか」

ちびぱんたちに言《い》われて、一瞬《いっしゅん》だけ安心《あんしん》したわたしだったけど、すぐにまた不安《ふあん》になった。

「でも、その人《ひと》が他《ほか》の人《ひと》に話《はな》すかもしれないじゃない。そして、他《ほか》の人《ひと》が受《う》け入《い》れなかったら……」

そうだよ。よく知《し》らない人《ひと》のすることなんて、信《しん》じられない。

「他人《たにん》のことは信《しん》じられない、か」

どこからか、でかぱんでもちびぱんでもない、でもたしかに聞《き》き覚《おぼ》えのある声《こえ》が聞《き》こえてきた。

「くろぱんだ！　あっ、しろぱんも！」

ちびぱんたちが指《ゆび》さすほうを見《み》ると、ちびぱんの仲間《なかま》である全《ぜん》身《しん》真《ま》っ黒《くろ》のくろぱんと、真《ま》っ白《しろ》のしろぱんがいた。

くろぱんは、でかぱんがちびぱんを作《つく》るときに失敗《しっぱい》しちゃったせいでできたこともあって、ちょっとやさぐれている。しろぱんは、でかぱんがちびぱんを作《つく》るときにつけるなぞの液《えき》がこわくて逃《に》げだしちゃったから真《ま》っ白《しろ》なまま。いつも、くろぱんの後《うし》ろにかくれておどおどしている。

でかぱんがうちに来《き》てから、この子《こ》たちもときどき現《あらわ》れるようになった。特《とく》に、くろぱんは、わたしの心《こころ》のダークな部分《ぶぶん》を、いつもゼツミョウについてくる。

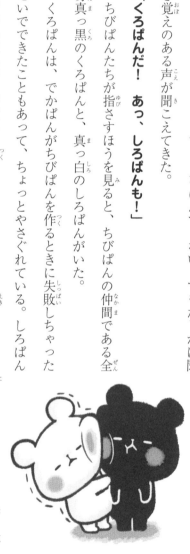

くろぱんが、わたしのところへやってきて、こうたずねた。

「じゃあ、あいつのことはどうなんだ」

「あいつって?」

「ヒミツを知《し》っているあいつさ」

「ああ、佐藤《さとう》くんのことね」

「あいつが、ヒミツを他《ほか》の人《ひと》に話《はな》すかもしれないとは思《おも》わないのか?」

言《い》われてみれば、そうだよね。

佐藤《さとう》くんだって、もしかしたら他《ほか》の人《ひと》に話《はな》すかもしれない。悪気《わるぎ》がなくても、うっかり口《くち》がすべってとか。天然《てんねん》っぽいところがあるし。

「第一《だいいち》、その図書室《としょしつ》で会《あ》ったという男《おとこ》は、どうやってこのヒミツを知《し》ったんだ? モモカの知《し》り合《あ》いでもないし、家《いえ》に来《き》たこともないのに」

「たしかにそうなんだけど」

「あいつがその男《おとこ》と知《し》り合《あ》いで、話《はな》したっていう可能性《かのうせい》だって考《かんが》えられるんだぞ」

えっ？

くろぱんの言葉《ことば》に、わたしは耳《みみ》をうたがった。

佐藤《さとう》くんが、あの男《おとこ》の子《こ》にヒミツを話《はな》したってこと？

「まあ、これはあくまで仮定《かてい》の話《はなし》だが」

くろぱんに向《む》かって、わたしはきっぱりと言《い》った。

「そんなはずはない！　佐藤《さとう》くんがそんなことするはずない！」

「どうしてそう言《い》い切《き》れる？」

「わたしは、佐藤《さとう》くんを信《しん》じているから！」

「あいつだって他人《たにん》だぞ」

すると、それまでだまっていたしろぱんが、小《ちい》さな声《こえ》でこう言《い》った。

「モモカちゃんは、佐藤《さとう》くんのこと好《す》きなんだもんね。好《す》きな人《ひと》のことは信《しん》じられるよね」

しろぱんの言葉《ことば》に、わたしの顔《かお》が赤《あか》くなった。

「ふーん、好《す》きだと信《しん》じられるのか」

くろぱんはまだ不満《ふまん》そうにぶつくさ言《い》っている。すると、しろぱんが

「それより、くろぱん。ゴールドぱんのことはいいの？」

とたずねた。

「そうだった。おまえたち、ゴールドぱんを見《み》かけなかったか？」

「ゴールドぱん？」

わたしが聞《き》きかえすと、ちびぱんたちが説明《せつめい》してくれた。

ゴールドぱんというのは、全身金色《ぜんしんきんいろ》のちびぱんのことで、見《み》かけると幸《しあわ》せになれるらしい。

「どうして、くろぱんがゴールドぱんを探《さが》しているの？」

ちびぱんたちが聞《き》いても、くろぱんはその理由《りゆう》は答《こた》えなかった。代《か》わりに、

「いや、このあたりに最近《さいきん》現《あらわ》れたというウワサを聞《き》いてな。知《し》らないならいいんだ」

と言《い》うと、しろぱんとともにどこかへ行《い》ってしまった。

「見《み》ると幸《しあわ》せになれるなら、今《いま》、ゴールドぱんを見《み》かけたら、この不安《ふあん》も解決《かいけつ》するのかな」

わたしは、興味《きょうみ》なさそうにベッドの上《うえ》でゴロゴロしているでかぱんの横《よこ》にねそべりながら、手《て》に持《も》ったカードを見《み》つめた。

【キミノ　ヒミツヲ　シッテイル】

あの男《おとこ》の子《こ》は、いったいなんのために、こんなカードをはさんでいったんだろう。

それに、佐藤《さとう》くんのことは信《しん》じたいけど、くろぱんが言《い》うように、だれかにうっかりヒミツをもらしてしまった可能性《かのうせい》がないとは言《い》い切《き》れない。

好《す》きな人《ひと》のことをうたがうなんて……。

なんとも言《い》えないもやもやした気持《きも》ちをかかえてふさぎこんだわたしのまわりに、ちびぱんたちがやってきて、口々《くちぐち》にこう言《い》い出《だ》した。

「モモカちゃん、この事件《じけん》、ちびぱんたちに任《まか》せて！」

「そうそう、久々《ひさびさ》に探偵団《たんていだん》を結成《けっせい》しよう！」

「その名《な》もズバリ、『もちぱん探偵団《たんていだん》』！」

「あらゆる事件《じけん》を解決《かいけつ》します！」

わたしは起《お》き上《あ》がって、全部《ぜんぶ》で七ひきいるちびぱんたちのほうへ向《む》きなおった。

「探偵団《たんていだん》？　あなたたちが？」

「そう！　モモカちゃんは知《し》らないかもしれないけど、『もちぱん探偵団《たんていだん》』の結成《けっせい》は、今回《こんかい》がはじめてじゃないんだよ!!」

口々《くちぐち》に**「ねーっ！」**と言《い》う、ちびぱんたち。

「そうなの？　今《いま》までにどんな事件《じけん》を解決《かいけつ》したの？」

身《み》を乗《の》りだして聞《き》くと、ちびぱんたちは一気《いっき》に勢《いきお》いをなくして、

「解決《かいけつ》したことがあるような、ないような……」

とボソボソ言《い》っている。

「なにそれ！　たよりにならないじゃない」

するとゝ、やり取《と》りを聞《き》いていたでかぱんがのそっと起《お》き上《あ》がり、

「おもしろそうだね、それ」

と言《い》った。

「でしょ〜！　でかぱんも入《はい》ろうよ」

「うん、入《はい》る。モモカ、この事件《じけん》は『もちぱん探偵団《たんていだん》』に任《まか》せて！」

「ええ〜っ、だいじょうぶかな？」

わたしの不安《ふあん》をよそに、でかぱんとちびぱんたちは盛《も》り上《あ》がっている。

まあ、いいか。ひとりでなやむよりは気《き》が楽《らく》だし、こんな話《はなし》を聞《き》いてもらえる人《ひと》も他《ほか》にいない。

こうして、いつもの毎日《まいにち》にとつぜん差《さ》しこまれたカードが、わたしともちぱんたちをふり回《まわ》しはじめたのだった。

天気《てんき》 くもり
11月《がつ》1日《にち》(水)でかぱん

モモカが借《か》りようとした本《ほん》の中《なか》に
「キミノ ヒミツヲ シッテイル」と
書《か》かれたカードがはさまれていた!
はさんだ男《おとこ》の子《こ》とは?
なぜ、モモカの「ヒミツ」を知《し》っているの?

くろぱんが
ゴールドぱんを
探《さが》しているらしい。

第《だい》2話《わ》　ひと目《め》ぼれ？

奇妙《きみょう》なカードを手《て》にした日《ひ》から、わたしは放課後《ほうかご》になると図書室《としょしつ》へ行《い》くようになった。

あのとき、イスの上《うえ》に置《お》いていた本《ほん》にさわった（と思《おも》われる）男《おとこ》の子《こ》。

スラッと背《せ》が高《たか》くて、ちょっとおとなっぽい雰囲気《ふんいき》だったような……。

顔《かお》は、はっきりとは見《み》ていないんだけど、五年生《ねんせい》の子《こ》ならだれだかわかるはずだから、六年《ねん》生《せい》なのかなあ。

「おお、長沢《ながさわ》さん。最近《さいきん》、よく図書室《としょしつ》に来《き》てるようだな。感心《かんしん》、感心《かんしん》」

いつのまにかヤマさんが来《き》ていて、声《こえ》をかけられた。

そうだ、ヤマさんは図書委員会《としょいいんかい》の担当《たんとう》だから、図書室《としょしつ》にもしょっちゅう来《き》てるはず。だとしたら……、

「先生《せんせい》、最近《さいきん》図書室《としょしつ》によく来《き》ている人《ひと》って覚《おぼ》えてますか。スラッと背《せ》の高《たか》い男《おとこ》の子《こ》で、たぶん六年生《ねんせい》の人《ひと》を探《さが》してるんですけど」

わたしは小声《こごえ》でヤマさんにたずねた。

「うーん？　最近《さいきん》、図書委員《としょいいん》の呼《よ》びかけもあって、利用者《りようしゃ》が増《ふ》えているからなあ」

「そっか。そうですよね」

「なんだ？　いつになく、深刻《しんこく》そうだなあ。その人《ひと》がどうし

たんだい？」

「それが、ちょっと……」

わたしが返事《へんじ》に困《こま》っていると、そこへ佐藤《さとう》くんがやってきた。

「あ、長沢《ながさわ》さん。ここにいたんだ。本《ほん》を探《さが》しに来《き》たの？」

「ええと……」

と答《こた》えかけたところで、ヤマさんが実《じつ》によけいなひと言《こと》を口《くち》にした。

「わかった！　長沢《ながさわ》さん、その背《せ》の高《たか》い彼《かれ》にひと目《め》ぼれしたんだろ？」

「ち、ちがいますよ！」

「ははは。照《て》れない、照《て》れない」

と言《い》いながら、ヤマさんは去《さ》っていってしまった。

ヤマさんったら、佐藤《さとう》くんの前《まえ》でなんてこと言《い》うのよ！　ゴカイされちゃうじゃない。

わたしが好《す》きなのは、佐藤《さとう》くんなのに……。

とにかく否定《ひてい》しようと口《くち》を開《ひら》きかけたとき、

「ひと目《め》ぼれ……か」

と、佐藤《さとう》くんが小《ちい》さくつぶやくのが聞《き》こえた。

「ちがうよ！　そんなんじゃないから」

全力《ぜんりょく》で否定《ひてい》したにもかかわらず、佐藤《さとう》くんは
「ふーん」

と小《ちい》さい声《こえ》で言《い》うと、図書室《としょしつ》を出《で》ていってしまった。

あわてて追《お》いかけようとしたけど、足《あし》がすくんで動《うご》けなかった。

だって、追《お》いかけていって、なんて言《い》うの？

わたしが好《す》きなのは、佐藤《さとう》くんだよって？

そんなの、はずかしくって言《い》えそうにない。

それとも、実《じつ》はこんなことがあったんだって、カードのことを全部話《ぜんぶはな》す？

佐藤《さとう》くんになら、もちろん全部《ぜんぶ》話《はな》したい。でも、わたしの頭《あたま》の中《なか》を、くろぱんの言葉《ことば》がよぎった。

「あいつが、ヒミツを他《ほか》の人《ひと》に話《はな》すかもしれないとは思《おも》わないのか？」

そんなこと、あるはずない。あるはずないって思《おも》ってるけど……。

ああ、いったい、どうしたらいいんだろう。

「事件《じけん》について、整理《せいり》しましょう！」

「しましょー！」

でかぱんの言葉《ことば》に、ちびぱんたちもノリノリで反応《はんのう》している。もちぱんたちは、すっかり探《たん》偵団《ていだん》きどりだ。

おかげで部屋《へや》に入《はい》るなり、わたしはきょうの出来事《できごと》を根《ね》ほり葉《は》ほり聞《き》きこみされた。

「ふむふむ。まず、カードをはさんでいったと思《おも》われる男《おとこ》の子《こ》の手《て》がかりはなし！」

とでかぱんが言《い》うと、ちびぱんたちがいっせいに

「なしーっ！」

と続《つづ》けた。

「それから……あれ？　もう、整理《せいり》することない？」

でかぱんが腕組《うでぐ》みをして考《かんが》えていると、ちびぱんたちが、

「モモカちゃん、もちぱんのことをだれかに話《はな》してない？って、佐藤《さとう》くんに聞《き》かなかったんだよね？」

とたずねてきた。

「聞《き》けないよ。なんだか、佐藤《さとう》くんのことうたがってるみたいで悪《わる》いし」

「もしかしたら、モッチーもどきは、ヒミツだって思《おも》ってないかもよ」

でかぱんがこう言《い》ったので、わたしは急《きゅう》に不安《ふあん》になった。

「そういえば、ヒミツだよって、ちゃんと言《い》ってなかったかも。でも、佐藤《さとう》くんは言《い》いふらしたりする人《ひと》じゃないと思《おも》うし……」

「うーん」

しばらくの間《あいだ》、わたしともちぱんたちは考《かんが》えこんでしまった。

「やっぱりさ」

でかぱんが沈黙《ちんもく》をやぶって言《い》った。

「モッチーもどきに聞《き》くのが一番《ばん》いいんじゃない？」

「そうだよ。佐藤《さとう》くんがだれにも話《はな》してないって言《い》ったら、モモカちゃんも安心《あんしん》するでしょ？」

ちびぱんたちもでかぱんの意見《いけん》に賛成《さんせい》した。

例《れい》の男《おとこ》の子《こ》の手《て》がかりがまったくない今《いま》、それしか方法《ほうほう》がないことはわたしにも十分《じゅうぶん》わかってる。でも、きょうのヤマさんのよけいなひと言《こと》のおかげで、なんだか気《き》まずくなっちゃったんだよなあ。あのあと教室《きょうしつ》にもどったら、佐藤《さとう》くんはもういなかったし。

「あした、聞《き》けたら聞《き》いてみるよ」

もちぱんたちに向《む》かってそう言《い》いながらも、わたしは本当《ほんとう》に聞《き》けるかどうか、不安《ふあん》に思《おも》っていた。


次《つぎ》の朝《あさ》、学校《がっこう》への道《みち》を歩《ある》いていると、少《すこ》し前《まえ》を行《い》く佐藤《さとう》くんの姿《すがた》を見《み》かけた。ランドセルにつけた、恐竜《きょうりゅう》のキーホルダーがゆれている。いつだったか、お気《き》に入《い》りなんだと見《み》せてくれたものだ。

「佐藤《さとう》くん、もちぱんたちのこと、だれにも言《い》ってないよね？」

と、さらっと聞《き》いてしまえばいい。佐藤《さとう》くんならきっと、

「もちろん、言《い》ってないよ。どうして？　なにかあったの？」

って笑顔《えがお》で言《い》ってくれるはずだ。

そうだよ。わたし、ちょっと考《かんが》えすぎだよね。こんなふうに言《い》ってくれたら、カードのことも相談《そうだん》しよう。

朝《あさ》のすみきった明《あか》るい日差《ひざ》しのせいか、少《すこ》し前向《まえむ》きになれたわたしは、歩《ある》くスピードを速《はや》めて佐藤《さとう》くんの横《よこ》へ並《なら》ぼうとした。

だけど、そのとき、すぐわきを走《はし》って追《お》いこしていった男《おとこ》の子《こ》の後《うし》ろ姿《すがた》に、わたしはくぎづけになった。

スラッとした背《せ》かっこう……そうだ、図書室《としょしつ》のあの男《おとこ》の子《こ》だ！

「待《ま》って！」

思《おも》わず声《こえ》を上《あ》げて、わたしも走《はし》りだした。でも、その声《こえ》は届《とど》かなかったようで、男《おとこ》の子《こ》はぐんぐん走《はし》っていってしまう。

登《のぼ》り坂《ざか》にさしかかると、息《いき》が苦《くる》しくなってきて、もともとそんなに走《はし》るのが得意《とくい》じゃないわたしは、ついに立《た》ちどまってしまった。

あの人《ひと》だ、きっと。追《お》いつくことはできなかったけど、彼《かれ》が着《き》ていたグレーのトレーナーを覚《おぼ》えておこう。あとで、六年生《ねんせい》の教室《きょうしつ》へ行《い》ってみたら、見《み》つけられるかもしれない。

小《ちい》さくなっていく彼《かれ》の後《うし》ろ姿《すがた》が、一瞬《いっしゅん》だけこちらをふり返《かえ》った気《き》がした。やっぱり、あの人《ひと》はわたしのヒミツを知《し》っているのかもしれない……。

「あの人《ひと》が長沢《ながさわ》さんの探《さが》している人《ひと》？」

ふいに声《こえ》がして、おどろいてふり返《かえ》ると、佐藤《さとう》くんが立《た》っていた。そして、

「ひと目《め》ぼれの人《ひと》でしょ」

と言《い》うと、わたしが否定《ひてい》する間《ま》もなく、走《はし》っていってしまった。

ちがうのに……。わたしは泣《な》きそうになりながら、佐藤《さとう》くんの後《うし》ろ姿《すがた》を見《み》つめていた。

佐藤《さとう》くんにゴカイされたままなのはつらいけど、今《いま》はとにかく例《れい》の男《おとこ》の子《こ》を見《み》つけなくちゃ。

そう思《おも》ったわたしは、休《やす》み時間《じかん》になると、六年生《ねんせい》の教室《きょうしつ》がある階《かい》へと向《む》かった。

グレーのトレーナーを着《き》ている人《ひと》はなん人《にん》かいたけど、女《おんな》の子《こ》だったり、男《おとこ》の子《こ》でも背《せ》が低《ひく》かったりして、例《れい》の彼《かれ》は見当《みあ》たらなかった。

考《かんが》えてみれば、休《やす》み時間《じかん》なんだから、相手《あいて》が教室《きょうしつ》にいるとは限《かぎ》らない。体育館《たいいくかん》とか、グラウンドとか、図書室《としょしつ》とか、トイレにいるっていう可能性《かのうせい》もある。

うーん、困《こま》ったなあ。

「ねえ、モモカ。きょうはなんで休《やす》み時間《じかん》のたびに教室《きょうしつ》からいなくなるの？」

「そうそう、きのうのドラマの話《はなし》しようと思《おも》ったのに」

ナホやミサキに呼《よ》び止《と》められ、昼休《ひるやす》み後《ご》は調査《ちょうさ》を断念《だんねん》せざるをえなかった。

あしたになれば、彼《かれ》は別《べつ》の服《ふく》を着《き》てくるだろうから、きょうがチャンスなんだけどな。

「そういえば、モモカ。きょうはダーリンと全然話《ぜんぜんはな》してないね」

「ダーリン？　なにそれ？」

「ダーリンって言《い》ったら、愛《いと》しの佐藤《さとう》くんのことでしょ。どうしたの？　ケンカ？」

ふたりが興味半分《きょうみはんぶん》、心配半分《しんぱいはんぶん》という顔《かお》でわたしを見《み》ている。

「なんかね、ゴカイされちゃったの」

わたしはヤマさんのよけいなひと言《こと》を佐藤《さとう》くんに聞《き》かれてしまったことをふたりに話《はな》した。

ややこしくなりそうだから、例《れい》のカードのことは話《はな》していない。

こないだ図書室《としょしつ》で見《み》かけた背《せ》の高《たか》い男《おとこ》の子《こ》のことを聞《き》いたら、ひと目《め》ぼれしたんだとかんちがいされたとだけ説明《せつめい》した。

「うわー、ヤマさんよけいなこと言《い》うね」

「ほんとだよ！　早《はや》く、ゴカイ解《と》かないと」

「でも、どうやって解《と》いたらいいと思《おも》う？」

「それは……やっぱり、『わたしの好《す》きな人《ひと》はあなたです！』って言《い》うべきじゃない？」

「それってまるっきり告白《こくはく》じゃない！　そんなこと、言《い》える？」

わたしの質問《しつもん》に、ふたりは顔《かお》を見合《みあ》わせた。

「たしかに、言《い》えないかも。かなり勇気《ゆうき》がいるよね」

「でも、佐藤《さとう》くんってどう見《み》てもモモカのこと好《す》きそうだし、言《い》われたら喜《よろこ》ぶんじゃない？」

ミサキの言葉《ことば》に、わたしは赤面《せきめん》した。

どう見《み》てもモモカのこと好《す》きそう、なんて。だとしたら、うれしい。だけど……。

けさ、走《はし》りさっていった、佐藤《さとう》くんの後《うし》ろ姿《すがた》が頭《あたま》の中《なか》をよぎる。その背中《せなか》は、いつもわたしに笑《わら》いかけてくれる佐藤《さとう》くんのものとは思《おも》えなかった。

今《いま》までは、わたしのこと、少《すこ》しは好《す》きでいてくれたかもしれない。

でも、今《いま》は？　わたしが他《ほか》の人《ひと》を好《す》きになったと思《おも》って、きらいになっちゃったのかなあ。

スキ

いつのまにか、例《れい》の男《おとこ》の子《こ》のことよりも、佐藤《さとう》くんのほうが気《き》になってしまって、その日《ひ》も結局《けっきょく》、新《あたら》しい手《て》がかりを見《み》つけることはできなかった。

その日《ひ》、パパはまた帰《かえ》りがおそくなるというので、ママとふたりで夕飯《ゆうはん》を食《た》べた。

テレビをつけたら、わたしが低学年《ていがくねん》のころから好《す》きなアニメがちょうどはじまったところだった。画面《がめん》の中《なか》では、主人公《しゅじんこう》とその家族《かぞく》が、未来《みらい》の世界《せかい》からやってきた不思議《ふしぎ》な生《い》きものと食《しょく》卓《たく》を囲《かこ》んでいる。

「ねえ、ママ。こういうの、どう思《おも》う？」

「こういうのって？」

「ある日《ひ》とつぜん、不思議《ふしぎ》な生《い》きものがうちにやって来《き》て、いっしょに暮《く》らすことになるの。このアニメに出《で》てくるパパとママは、平気《へいき》でいっしょにご飯《はん》を食《た》べてるじゃない？　ママだったら、どうする？　こういうことできる？」

わたしが聞《き》くと、ママはすぐにこう答《こた》えた。

「できるわよ」

「ほんとに⁉」

「よゆう、よゆう。ご飯《はん》を作《つく》る代《か》わりに、肩《かた》でももんでもらおうかな」

そんなこと言《い》うなんて。ママって、意外《いがい》と理解《りかい》あるのかな？

「じゃあ、わたしがうちに連《つ》れてきてもびっくりしない？」

わたしが真剣《しんけん》にそう言《い》ったとき、ママの目《め》が笑《わら》っていることに気《き》づいた。

なんだ。やっぱり、本気《ほんき》にしてないんだ。そうだよね。

五年生《ねんせい》にもなって、幼稚《ようち》なこと言《い》ってるって思《おも》われたかな。

「ママだって、好《す》きだったのよ。そういうお話《はなし》。ほんとになったらいいのになって、よく考《かんが》えてたわ」

「おとなになると、そういうことは考《かんが》えなくなるの？　どうして？」

「うーん、毎日《まいにち》、他《ほか》にもいろんなことを考《かんが》えるようになるからかしら？　意識《いしき》して考《かんが》えなくなるわけじゃないから、ちょっとお休《やす》みしているだけなのかもね」

わたしの場合《ばあい》、毎日《まいにち》部屋《へや》に帰《かえ》ったらもちぱんたちがいるんだから、考《かんが》えなくなるってことはなさそうだけど……。

「ねえ、どんなことを考《かんが》えるのにいそがしくなるの？」

「そうねえ、モモカくらいの歳《とし》だったら、恋《こい》とか？」

「恋《こい》」と聞《き》いて、佐藤《さとう》くんの顔《かお》がうかんだ。

「あ、モモカ、赤《あか》くなった。好《す》きな人《ひと》がいるのね。もしかして、佐藤《さとう》くん？」

「……うん」

わたしはすなおにうなずいた。

「うちにもなん度《ど》か来《き》たけど、ほんとにいい子《こ》よね。また遊《あそ》びに連《つ》れてきなさいよ」

「そうしたいけど、今《いま》、ちょっと……」

「ケンカでもしたの？」

「そういうわけじゃないんだけど」

わたしは、ナホとミサキに話《はな》したときのように、カードのことははぶいて、佐藤《さとう》くんと気《き》まずくなったいきさつを説明《せつめい》した。

すると、ママはニヤッと笑《わら》って、

「ヤキモチね」

と言《い》った。ヤキモチ？　佐藤《さとう》くんが、わたしに？

「モモカに他《ほか》に好《す》きな人《ひと》ができたかもしれないって思《おも》って、あせってるんじゃない？」

「そうなの？」

「ちゃんと、ゴカイを解《と》かなきゃ」

「でも、わたし告白《こくはく》なんてはずかしくってできない！」

「告白《こくはく》なんてしなくても、ゴカイを解《と》くことはできるわよ」

「どうやって？」

「カンタンよ。『わたしはその人《ひと》のことは好《す》きじゃない』ってはっきり言《い》えばいいの」

「好《す》きな人《ひと》は佐藤《さとう》くんだって、言《い》わなくていいの？」

「だって、はずかしくて言《い》えないんでしょ？　わざわざ他《ほか》の男《おとこ》の子《こ》のことを好《す》きじゃないって言《い》ってくるんだから、自分《じぶん》にゴカイしてほしくないって思《おも》っているんだなって、わかるでしょ？

今《いま》はそれで十分《じゅうぶん》だとママは思《おも》うけど」

そこへ、パパが帰《かえ》ってきた。

「ただいまあ。なんか盛《も》り上《あ》がってたね。なんの話《はなし》？」

ママはパパへ向《む》かって、

「アニメの話《はなし》よ。ね、モモカ」

と言《い》うと、キッチンに立《た》って、パパの分《ぶん》のおかずを用意《ようい》しはじめた。

そっか。まずは、他《ほか》の男《おとこ》の子《こ》のことを好《す》きじゃないってはっきり言《い》う。

うん、それならできそうな気《き》がする。

次《つぎ》の日《ひ》も、佐藤《さとう》くんの背中《せなか》はわたしをこばんでいるように思《おも》えた。

今《いま》までは毎日《まいにち》、佐藤《さとう》くんのほうから話《はな》しかけてきてくれてたのに。でも、それがなかったら、こんなにも話《はな》す機会《きかい》がなかったんだ。

佐藤《さとう》くんはどんな気持《きも》ちで、毎日話《まいにちはな》しかけてくれてたのかな。そして、今《いま》はどんな気持《きも》ちでいるのかな……。

授業中《じゅぎょうちゅう》も、ちっとも集中《しゅうちゅう》なんてできなかった。放課後《ほうかご》になったら、わたしから佐藤《さとう》くんに話《はな》しかけよう。ちゃんと向《む》き合《あ》ってゴカイを解《と》かなくちゃ。頭《あたま》の中《なか》で、くり返《かえ》し、そればっかり考《かんが》えていた。

いよいよ放課後《ほうかご》、目《め》でがんばれって合図《あいず》を送《おく》ってくれてるナホとミサキに向《む》かって、小《ちい》さくガッツポーズを返《かえ》してから、わたしは佐藤《さとう》くんの背中《せなか》に話《はな》しかけた。

「あの、佐藤《さとう》くん」

佐藤《さとう》くんの背中《せなか》が、ぴくりと反応《はんのう》した。

でも、ふりむいてはくれない。

「佐藤《さとう》くんにどうしても話《はな》したいことがあるから、きょう、いっしょに帰《かえ》らない？」

声《こえ》がうわずって、ふるえそうになったけど、勇気《ゆうき》をふりしぼって言《い》った。

少《すこ》し間《ま》があいて、

「いいよ」

という言葉《ことば》と同時《どうじ》に、佐藤《さとう》くんがこちらをふり返《かえ》った。でも、佐藤《さとう》くんの目《め》はふせられていて、長《なが》いまつげが目立《めだ》っていた。

「行《い》こう」

と言《い》って、佐藤《さとう》くんは先《さき》に立《た》って歩《ある》きだした。わたしもあわててそのあとを追《お》う。

昇降口《しょうこうぐち》を出《で》て、少《すこ》し歩《ある》いたところで、わたしは切《き》り出《だ》した。

「あのね、こないだヤマさんが言《い》ったこと、ほんとにちがうの！　わけがあって、六年生《ねんせい》の男《おとこ》の子《こ》のことを探《さが》してはいるんだけど、その人《ひと》にひと目《め》ぼれなんかしてないから」

佐藤《さとう》くんは足《あし》を止《と》めて、ふり返《かえ》った。今度《こんど》は、まっすぐにわたしのほうを見《み》ている。

「わたしは、その男《おとこ》の子《こ》のこと、好《す》きでもなんでもないから！」

顔《かお》を真《ま》っ赤《か》にして、とにかく一生《いっしょう》けんめい伝《つた》えた。

佐藤《さとう》くんは、ハアーッと長《なが》いため息《いき》をつき、そのあと、わたしがよく知《し》っている顔《かお》でほほえんだ。

「好《す》きな人《ひと》ができたから、もういっしょに帰《かえ》れないって言《い》われるのかと思《おも》った」

「えっ？」

「長沢《ながさわ》さん、背《せ》の高《たか》い人《ひと》が好《す》きなんだって思《おも》って、落《お》ちこんでた」

そんな！　佐藤《さとう》くんはたしかに男子《だんし》の中《なか》では背《せ》が低《ひく》いほうだけど、そんなこと関係《かんけい》ないのに！

「でも、じゃあ、なんでその人《ひと》のことを探《さが》してるの？」

そう聞《き》かれて、わたしは例《れい》のカードのことを説明《せつめい》した。

結局《けっきょく》、自分《じぶん》からは佐藤《さとう》くんがもちぱんのことをだれかに話《はな》していないかどうかは聞《き》けなかったけど、佐藤《さとう》くんのほうから
「ぼくはだれにも話《はな》してないよ。あんな大事《だいじ》なヒミツ、そうカンタンには話《はな》せない。ことし転《てん》校《こう》してきたから、六年生《ねんせい》に知《し》り合《あ》いもいないし」

と言《い》ったので、佐藤《さとう》くんへのうたがいはすっかり晴《は》れたのだった。

「そのカードの件《けん》、ぼくにも協力《きょうりょく》させてよ」

「もちろん！　佐藤《さとう》くんに協力《きょうりょく》してもらえたら、心強《こころづよ》いし」

言《い》いながら、わたしは佐藤《さとう》くんとふつうに話《はな》せる幸《しあわ》せをかみしめていた。

「「ああ、よかった！」」

重《かさ》なり合《あ》った二つの声《こえ》に、一瞬耳《いっしゅんみみ》をうたがった。わたしたちはぐうぜん、同時《どうじ》に同《おな》じ言葉《ことば》を口《くち》にしていたのだ。そのことに気《き》づくと、ふたりで顔《かお》を見合《みあ》わせて笑《わら》った。

カードのことは、まだなんの手《て》がかりも見《み》つかってないけど、佐藤《さとう》くんが協力《きょうりょく》してくれたら、きっと解決《かいけつ》できる。そんな気《き》がしていた。

11月《がつ》8日《にち》(水)でかぱん　天気《てんき》はれ

カードをはさんだ男《おとこ》の子《こ》の
手《て》がかりは、なし!
モッチーもどきは、もちぱんのこと
だれにも話《はな》していない。

ママは不思議《ふしぎ》な生《い》きものといっしょ
にご飯《はん》を食《た》べられるって、
もちぱんともって、

第《だい》3話《わ》 市《し》立《りつ》図《と》書《しょ》館《かん》の怪《かい》？

土曜日《どようび》の午後《ごご》。

「なんてことだ！」

めずらしく、でかぱんが声《こえ》をあららげている。

部屋《へや》で本《ほん》を読《よ》んでいたわたしが顔《かお》を上《あ》げると、でかぱんは難《むずか》しい顔《かお》をしていた。

「どうしたの？」

「事件《じけん》の手《て》がかりがなんにも見《み》つかっていない！」

すっかり名探偵《めいたんてい》きどりだ。

「そうなんだよね」

わたしは読《よ》みかけの本《ほん》を閉《と》じた。あのカードがはさまっていた『不思議《ふしぎ》アパートシリーズ』の一冊目《さつめ》、『不思議《ふしぎ》な同居人《どうきょにん》、あらわる』という本《ほん》だ。

この本《ほん》に出《で》てくる「モワン」という名前《なまえ》の不思《ふし》議《ぎ》な生《い》きものは、もわもわした毛玉《けだま》みたいな姿《すがた》をしていて、空中《くうちゅう》にふわふわとただよっている。口《くち》を開《ひら》いて言葉《ことば》をしゃべるのではなく、主人公《しゅじんこう》の女《おんな》の子《こ》の頭《あたま》の中《なか》へ、テレパシーのような感《かん》じで語《かた》りかける。

もちぱんたちとの会話《かいわ》もテレパシーで済《す》ませることができたら、あとは動《うご》くのをガマンしてくれさえすれば、他《ほか》の人《ひと》にはぬい

ぐるみだってごまかせるのになあ。

しかも、「モワン」は人《ひと》のなみだを集《あつ》めて、それを飲《の》んで生《い》きている。なみだを集《あつ》めるときは、主人公《しゅじんこう》も協力《きょうりょく》はするけど、最終的《さいしゅうてき》には「モワン」が姿《すがた》を消《け》してそっと近《ちか》づくから、だれにも気《き》づかれない。

ママやパパに見《み》つからないかとハラハラしながら、もち米《ごめ》を炊《た》いておにぎりにしなくてもいいんだ。うらやましい。

「ねえ、モモカ。事件《じけん》のこと、ちゃんと考《かんが》えてる？」

でかぱんがわたしの顔《かお》をのぞきこんでくる。

「もちぱん探偵団《たんていだん》」なんて結成《けっせい》しても、すぐにあきちゃうかと思《おも》ったのに、意外《いがい》と事件解決《じけんかいけつ》に向《む》けて積極的《せっきょくてき》だ。

あれから、あの男《おとこ》の子《こ》には出《で》くわしていない

し、特《とく》になにも起《お》こっていない。

佐藤《さとう》くんは、もちぱんたちのことをだれにも話《はな》していなかった。カードをはさんだと思《おも》われる、スラッと背《せ》の高《たか》い男《おとこ》の子《こ》のことも知《し》らなかった。

くろぱんに言《い》わせたら、佐藤《さとう》くんがウソをついている可能性《かのうせい》もあるのかもしれないけど、わざわざそんなウソをつく理《り》由《ゆう》が見当《みあ》たらない。

「つまんない！」

でかぱんがベッドに転《ころ》がって、足《あし》をバタバタさせた。

「つまんなーい！」

ちびぱんたちもいっせいにまねをする。

「そんなこと言《い》われたって」

「モモカも、解決《かいけつ》しないといやでしょ？」

「そりゃあ、もちろん」

できることなら、あのカードをはさんだ男《おとこ》の子《こ》とちゃんと話《はな》したい。そして、わたしのヒミツをだれにも話《はな》さないって、約束《やくそく》してほしい。

それができるまでは、ずっと心《こころ》の中《なか》にモヤモヤしたものをかかえていることになりそう。

「よし、われわれもちぱんも、捜査《そうさ》に乗《の》りだそう！」

でかぱんが、ベッドの上《うえ》にすくっと立《た》ち上《あ》がった。

「だめだよ。今《いま》、外《そと》に出《で》るなんて危険《きけん》すぎる。カードをはさんだ人《ひと》に、動《うご》いているところを見《み》つかりでもしたら……」

そこへ、

「モモカ、佐藤《さとう》くんから電話《でんわ》よ」

というママの声《こえ》がした。

わたしはもちぱんたちに向《む》かって、小声《こごえ》で「しーっ」と言《い》いながら、ドアを開《あ》けて受話器《じゅわき》を受《う》け取《と》る。

「はい」

「あっ、長沢《ながさわ》さん？」

佐藤《さとう》くんの声《こえ》だ。耳元《みみもと》で聞《き》こえると、ちょっとキンチョウしてしまう。

「うん」

「ぼく、さっき長沢《ながさわ》さんのお母《かあ》さんに『長沢《ながさわ》さんいますか？』って聞《き》いちゃった。そしたら、『うちはみんな長沢《ながさわ》よ』って笑《わら》われちゃったよ」

そう言《い》って、佐藤《さとう》くんはゆかいそうにくすくすと笑《わら》った。

ママったら。佐藤《さとう》くんの言《い》う長沢《ながさわ》さんがわたしだってことくらい、わかってるくせに。

「それで、なんて言《い》ったの？」

「モモカさん、いますかって」

わたしはみるみるうちに耳《みみ》まで赤《あか》くなった。佐藤《さとう》くんの呼《よ》ぶ、「モモカさん」って新鮮《しんせん》だ。

しかも耳元《みみもと》で。ドキドキする。

もちぱんたちが、いつのまにかわたしのまわりに集《あつ》まっていて、おもしろそうにわたしの顔《かお》を見《み》ている。はずかしいから、そっとしておいてよ、もう。

「あ、電話《でんわ》、どうしたの？」

「カードのことがあったし、どうしてるかなと思《おも》って。用事《ようじ》がなかったら、これからいっ

しょに遊《あそ》ばない？」

「いいよ。きょうは特《とく》に用事《ようじ》もなくて、本《ほん》を読《よ》んでいただけだし」

「ああ、ヤマさんの宿題《しゅくだい》の？」

「そう。佐藤《さとう》くんはもう読《よ》み終《お》わった？」

「うん。ぼくは少年《しょうねん》たちの探偵団《たんていだん》が活《かつ》やくする本《ほん》を選《えら》んだんだけど、おもしろくてすぐに読《よ》んじゃった。同《おな》じシリーズの本《ほん》がたくさんあるみたいだから、読《よ》んでみたくて。よかったらこれから、市立図書館《しりつとしょかん》に行《い》かない？」

「市立図書館《しりつとしょかん》？　たしか、建《た》て替《か》え工事《こうじ》をしていたような……」

「この前工事《まえこうじ》が終《お》わって、先週《せんしゅう》オープンしたんだって。ピカピカで、とっても広《ひろ》いみたいだよ」

「へえ、行《い》ってみたい！」

わたしたちは、近所《きんじょ》の公園《こうえん》の前《まえ》で待《ま》ち合《あ》わせをして、ふたりで図書館《としょかん》に向《む》かった。

市立図書館《しりつとしょかん》は、わたしの家《いえ》から歩《ある》いて十五分《ふん》ほどのところにある。まわりを大《おお》きな木《き》に囲《かこ》まれているせいか、日中《にっちゅう》でもどこかうす暗《ぐら》い印象《いんしょう》があった。建《た》て替《か》え前《まえ》は建物《たてもの》も古《ふる》びていて、中《なか》へ入《はい》ると独特《どくとく》のにおいがした。あれは、なんのにおいだったんだろう。古《ふる》い紙《かみ》のにおいかな。

低学年《ていがくねん》のころは、ママといっしょにときどきここへ来《き》ていた。

三年生《ねんせい》になってからは、友《とも》だちと自転車《じてんしゃ》で来《き》たこともあった。でも、学校《がっこう》の図書室《としょしつ》にも本《ほん》はたくさんあったし、なによりちょっと建物《たてもの》が古《ふる》くてこわかったから、あまり来《こ》なくなったんだよね。

そうそう、四年生《ねんせい》のときにあのウワサを聞《き》いてから、完全《かんぜん》に来《こ》なくなったかも。

「おばけ?」

佐藤《さとう》くんは少《すこ》しおどろいた顔《かお》でわたしのほうを見《み》た。

「うん。あくまでウワサだけどね。昔《むかし》、この図書館《としょかん》で働《はたら》いていた司書《ししょ》の女《おんな》の人《ひと》が、事故《じこ》か病気《びょうき》で亡《な》くなって、

それ以来《いらい》、その人《ひと》がおばけになって現《あらわ》れるっていう」

「事故《じこ》か病気《びょうき》？」

「えっと、そのへんは忘《わす》れちゃったんだけど。本人《ほんにん》は自分《じぶん》が死《し》んでるってことに気《き》づいていなくて、毎日《まいにち》図書館《としょかん》に通《かよ》っていたんだって。霊感《れいかん》の強《つよ》い人《ひと》には、その女《おんな》の人《ひと》のおばけがカウンターでほほえんでいる様子《ようす》や、本《ほん》をていねいに棚《たな》にもどしている様子《ようす》が見《み》えるって聞《き》いたよ」

「へえ。じゃあ、よっぽど図書館《としょかん》の仕事《しごと》が好《す》きな人《ひと》だったんだね」

佐藤《さとう》くんの言葉《ことば》に、わたしはハッとした。

このウワサを聞《き》いたとき、わたしは単純《たんじゅん》にこわいとしか思《おも》えなかったのだ。

「そんなふうに思《おも》ったことなかったよ……」

「ぼくだっておばけはこわいけど、その話《はなし》を聞《き》いた限《かぎ》りだと、その人《ひと》、というかそのおばけは、みんなになにかするわけではないんだよね。ただ、図書館《としょかん》の仕事《しごと》が好《す》きなだけなのに、自分《じぶん》のウワサのせいで図書館《としょかん》に来《く》る人《ひと》が減《へ》ったって知《し》ったら、悲《かな》しむだろうな」

わたしはそのウワサを聞《き》いて、図書館《としょかん》から遠《とお》ざかってしまった自分《じぶん》をはずかしく思《おも》った。

「その人《ひと》、っていうかそのおばけさん、まだいるかな？」

「どうだろう？　建物《たてもの》が新《あたら》しくなったら、もういないかもしれないね。長沢《ながさわ》さん、こわいの？」

「こわくないって言《い》ったらウソになるけど、もしまだいるなら、あやまりたいな」

新《あたら》しい図書館《としょかん》の建物《たてもの》が見《み》えてくると、佐藤《さとう》くんはなにも言《い》わずに手《て》をつないでくれた！

あんまり深《ふか》い意味《いみ》はないのかもしれないけど、ドキドキしちゃう。

それに、こうしていると、こわい気持《きも》ちがなくなっていくから不思議《ふしぎ》だ。

「長沢《ながさわ》さんって、やっぱりおもしろいね」

佐藤《さとう》くんがぷっとふきだしながら言《い》った。

「え？　なにが？」

「だって、もちぱんたちと当《あ》たり前《まえ》のように暮《く》らしているのに、おばけはこわいんだね」

たしかに。もちろん、もちぱんとおばけはまったくちがうけど、不思議《ふしぎ》な存在《そんざい》っていう点《てん》ではそんなに遠《とお》くはないのかもしれない。

「んもうっ、おばけといっしょにしないでよ」

ん？　どこからかそんな声《こえ》が聞《き》こえて、わたしと佐藤《さとう》くんは顔《かお》を見合《みあ》わせた。

声《こえ》は、どうやらわたしがななめがけしているショルダーバッグから聞《き》こえてきたようだ。見《み》ると、バッグのポケットからちびぱんが二ひき、顔《かお》を出《だ》している！

「やだ、ついてきちゃったの!?」

「うん。だって、でかぱんが事件《じけん》の調査《ちょうさ》をしてこいって」

「市立図書館《しりつとしょかん》についてきても、カードのことはなにもわからないと思《おも》うけど。それに、今《いま》、外《そと》で動《うご》いているとこを見《み》られるほうが問題《もんだい》だって言《い》ったじゃない！」

わたしはちびぱんの頭《あたま》がバッグのポケットにすっぽりおさまるよう、指《ゆび》で軽《かる》くおした。

「長沢《ながさわ》さん、だいじょうぶだよ。いざとなったらぼくもいるし」

「うーん、でも……。お願《ねが》い、おとなしくしててね」

わたしはポケットに向《む》かってそう言《い》うと、気《き》を取《と》りなおして、新《あたら》しい図書館《としょかん》の中《なか》へと足《あし》をふみ入《い》れたのだった。

「わあっ！」

自動《じどう》ドアの向《む》こうに広《ひろ》がる景色《けしき》に、思《おも》わず声《こえ》を上《あ》げてしまった。

市立図書館《しりつとしょかん》は、以前《いぜん》の様子《ようす》が思《おも》い出《だ》せないほどに、見事《みごと》な大変身《だいへんしん》をとげていたのだ。

明《あか》るく、清潔《せいけつ》な感《かん》じ。ひかえめなオレンジ色系《いろけい》のじゅうたんに、素材《そざい》の色《いろ》を生《い》かしたナチュラルな木製《もくせい》の本棚《ほんだな》、角《かど》の丸《まる》いテーブル。

建物《たてもの》の真《ま》ん中《なか》は吹《ふ》き抜《ぬ》けになっていて、一階《かい》から三階《かい》までの空間《くうかん》がつながっている。それを取《と》りまくようにして、それぞれのフロアがある。

一階《かい》には、雑誌《ざっし》を読《よ》みながらコーヒーや軽食《けいしょく》を楽《たの》しめるカフェまであって、パンの焼《や》けるよい香《かお》りが鼻《はな》をくすぐった。

オープンしたてということもあってか、たくさんの人《ひと》が訪《おとず》れていた。

わたしと佐藤《さとう》くんは、

「すごいね！」

と言《い》い合《あ》いながら、興奮気味《こうふんぎみ》に階段《かいだん》をかけ上《あ》がり、二階《かい》の児童書《じどうしょ》コーナーへ向《む》かった。

入《い》り口《ぐち》がアーチ型《がた》になっていて、そこを通《とお》り抜《ぬ》けると、児童向《じどうむ》けの本棚《ほんだな》が並《なら》んでいた。背《せ》の低《ひく》い小学生《しょうがくせい》でも本《ほん》に手《て》が届《とど》くように、棚《たな》は低《ひく》く作《つく》られている。

棚《たな》に並《なら》んでいる本《ほん》は、前《まえ》に来《き》たときよりも新《あたら》しく、種類《しゅるい》が豊富《ほうふ》になった気《き》がする。

「あっ、探偵団《たんていだん》のシリーズ、ここにあるよ」

「ほんとだ！」

佐藤《さとう》くんが本棚《ほんだな》の本《ほん》を取《と》りだして、どれを先《さき》に借《か》りようか真剣《しんけん》に考《かんが》えはじめたので、わたしはそっとその場《ば》をはなれて、他《ほか》の棚《たな》を見《み》てまわった。

すると、『不思議《ふしぎ》アパートシリーズ』の本《ほん》がきれいに並《なら》んでいるのを発見《はっけん》した。

「あった！　『不思議《ふしぎ》な同居人《どうきょにん》、あらわる』の次《つぎ》の巻《かん》ってどれなんだろう？　あ、これみたい」

心《こころ》の中《なか》でそうつぶやきながら、『不思議《ふしぎ》な同居人《どうきょにん》、ふたたび』という本《ほん》を取《と》り出《だ》し、パラパラとページをめくったとき、なにかがひらひらと宙《ちゅう》をまって、わたしの足元《あしもと》に落《お》ちた。

「！」

あわてて悲鳴《ひめい》を飲《の》みこんだものの、ショックで本《ほん》を落《お》としてしまった。その音《おと》を聞《き》いて、佐《さ》藤《とう》くんが来《き》てくれた。

「長沢《ながさわ》さん？　どうしたの？」

わたしの足元《あしもと》にあるものを見《み》て、佐藤《さとう》くんも言葉《ことば》を失《うしな》った。

そこにあるのは一枚《まい》のカード。こないだ、学校《がっこう》の図書室《としょしつ》で見《み》つけたのとまったく同《おな》じデザインの。今度《こんど》は、こう書《か》いてあった。

【ヒミツハ　カナラズ　シラレルコトニナル】

「やだ、なんでこんなところにまで……」

ひざがガクガクふるえた。やっぱりこのカードをはさんだ人《ひと》は、わたしの行動《こうどう》を常《つね》に見《み》張《は》っているんだ。そして、先回《さきまわ》りしてカードをはさんでいる。そう思《おも》うとゾッとした。

ポケットの中《なか》でちびぱんたちがもぞもぞと

動《うご》いたので、わたしはあわててバッグをぎゅっとかかえた。

どうして？　どうして、そっとしておいてくれないんだろう？　わたしが、なにか悪《わる》いことした？

佐藤《さとう》くんは、あたりを見回《みまわ》して、児童書《じどうしょ》コーナーにいる人《ひと》を確認《かくにん》した。二、三歳《さい》の子《こ》どもを連《つ》れたお母《かあ》さんの他《ほか》に、両親《りょうしん》といっしょの幼稚園《ようちえん》くらいの子《こ》どもたち。小学校《しょうがっこう》三、四年《ねん》と思《おも》える子《こ》どもたちもいたけど、イスに座《すわ》っておとなしく本《ほん》を読《よ》んでいた。

あの背《せ》の高《たか》い男《おとこ》の子《こ》の姿《すがた》はない。

わたしたちに気《き》づかれずにカードをはさんで、とっくに逃《に》げてしまったのだろうか？

「だいじょうぶだよ。心配《しんぱい》しないで」

佐藤《さとう》くんは落《お》ちていたカードを拾《ひろ》うと、わたしが落《お》とした本《ほん》の間《あいだ》にはさみ、そのまま棚《たな》にもどした。

「佐藤《さとう》くん？」

「いいかい？　このカードは、長沢《ながさわ》さんにあてたものじゃないんだよ。だから、もどそう」

「でも……」

「長沢《ながさわ》さんがきょう市立図書館《しりつとしょかん》に来《き》て、この本《ほん》を手《て》に取《と》る可能性《かのうせい》がどれくらいあると思《おも》う？

長沢《ながさわ》さんが来《く》る前《まえ》に、他《ほか》の人《ひと》がこのカードを手《て》にすることも十分考《じゅうぶんかんが》えられる」

「それはそうだけど、もしかしたら、わたしの行動《こうどう》を見張《みは》っていて、直前《ちょくぜん》にカードをはさんだのかもしれないし……」

「だとしたら、ぼくらとすれちがっていても不思議《ふしぎ》じゃない。それが、ぼくらと同《おな》じ小学校《しょうがっこう》の背《せ》の高《たか》い人《ひと》だとしたら、長沢《ながさわ》さん、気《き》づいたはずでしょう？　そんな人《ひと》、いなかったよね？」

「わたしたちが、階段《かいだん》で二階《かい》へ上《のぼ》っているときに、エレベーターで下《お》りたのかも……」

「仮《かり》にそうだとして、なんのためにこんなことをするの？」

なんのために？　たしかに。どうしてわざわざこんなことをするんだろう？

でも、わたしにはあの背《せ》の高《たか》い男《おとこ》の子《こ》が、わたしに見《み》せるために二枚目《まいめ》のカードをはさんでいったとしか思《おも》えなかった。

わたしたちは結局《けっきょく》なにも借《か》りずに、図書館《としょかん》の中《なか》を行《い》き来《き》して、念《ねん》のために背《せ》の高《たか》い男《おとこ》の子《こ》がいないか探《さが》しまわった。

「いなかったね」

佐藤《さとう》くんの言葉《ことば》に、わたしは力《ちから》なくうなずいた。そして、どうにか落《お》ち着《つ》きを取《と》りもどそうと、立《た》ち止《ど》まってあたりを見回《みまわ》しながら深呼吸《しんこきゅう》をした。

新《あたら》しい図書館《としょかん》の建物《たてもの》には大《おお》きな窓《まど》がたくさんあり、明《あか》るい日差《ひざ》しがさしこんでいて、前《まえ》のようなうす暗《ぐら》さはみじんも感《かん》じられなかった。あの独特《どくとく》のにおいも、もうしない。

深呼吸《しんこきゅう》をしたら少《すこ》し落《お》ち着《つ》いた。

「まだ、だれか探《さが》してるの？」

あたりを見回《みまわ》しているわたしの目線《めせん》に気《き》づいて、佐藤《さとう》くんが言《い》った。

「うん。おばけさん、いるかなって」

吹《ふ》き抜《ぬ》けに面《めん》した廊下《ろうか》の手《て》すりにもたれて、わたしは彼女《かのじょ》の姿《すがた》を探《さが》した。

以前《いぜん》のような大《おお》きな貸出《かしだし》カウンターはもうない。代《か》わりに貸《か》し出《だ》しの手続《てつづ》きを行《おこな》う機械《きかい》が立《た》ち並《なら》んでいる。

この新《あたら》しい建物《たてもの》の中《なか》だったら、彼女《かのじょ》はどこにいるんだろう？

居心地《いごこち》が悪《わる》くなって、どこかへ行《い》ってしまったのだろうか。

「ねえ、ねえ」

バッグのポケットから声《こえ》がした。ちびぱんたちだ。

今《いま》、わたしたちがいる三階《かい》には、会議室《かいぎしつ》などがあり、土曜《どよう》のきょうはほとんど人《ひと》の出入《でい》りがなかった。廊下《ろうか》に、わたしと佐藤《さとう》くんしかいないのをなん度《ど》も確認《かくにん》してから、ポケットに向《む》かって

「どうしたの？」

と小声《こごえ》で聞《き》くと、ちびぱんたちは口《くち》をそろえてこう答《こた》えた。

「そこの廊下《ろうか》のつきあたりに、女《おんな》の人《ひと》がいるよ？」

「えっ？」

わたしと佐藤《さとう》くんは同時《どうじ》に廊下《ろうか》のつきあたりを見《み》た。

しかし、だれの姿《すがた》も見《み》えない。目《め》をこらしてよく見《み》てみる。でも、壁《かべ》が見《み》えるばかりだ。

明《あか》るい空間《くうかん》のせいか、不思議《ふしぎ》とこわさは感《かん》じない。

「その人《ひと》、なにしてるの？」

「イスに座《すわ》って、にこにこしながら本《ほん》を読《よ》んでるよ」

ちびぱんの言葉《ことば》に、なぜだかなみだが出《で》そうになった。

わたしの目《め》には、イスも彼女《かのじょ》の姿《すがた》も見《み》えないけど、ちびぱんの言《い》うことが本当《ほんとう》だと受《う》け止《と》めることができた。

建物《たてもの》が新《あたら》しくなり、本《ほん》の貸《か》し出《だ》しや返却《へんきゃく》が機械《きかい》でできる

ようになって、彼女《かのじょ》はもう働《はたら》かなくていいんだって思《おも》えたのかな。その代《か》わり、新《あたら》しく増《ふ》えたたくさんの本《ほん》を楽《たの》しんでいるのかもしれない。

わたしは、壁《かべ》に向《む》かっておじぎをすると、心《こころ》の中《なか》でそっと、

「またこの図書館《としょかん》に来《き》ます。たくさん本《ほん》を読《よ》みますね」

と話《はな》しかけたのだった。

すると、ちびぱんたちが

「女《おんな》の人《ひと》、笑《わら》ってるよ。うれしそう」

と言《い》った。

もし、いつかもちぱんたちがわたしの前《まえ》から消《き》えてしまって、その姿《すがた》を見《み》ることができなくなったとしても、もちぱんたちと過《す》ごした日々《ひび》を忘《わす》れないようにしよう。

もちろん、消《き》えてほしくなんかないけど、目《め》に見《み》えるものだけが、わたしの大事《だいじ》なものとは限《かぎ》らないんだ、きっと。

そんなふうに思《おも》いながら、わたしは佐藤《さとう》くんと市立図書館《しりつとしょかん》をあとにしたのだった。

「なんと、事件《じけん》に進展《しんてん》が!?」

図書館《としょかん》についてきたちびぱんたちの報告《ほうこく》を受《う》けて、でかぱんは大《おお》げさな声《こえ》を上《あ》げた。

「二枚《まい》目《め》のカードとは！　犯人《はんにん》めっ」

探偵《たんてい》ごっこに夢中《むちゅう》になっているのんきなもちぱんたちを見《み》ていると、永遠《えいえん》にここにいるような気《き》がするんだけど……。

わたしは階段《かいだん》を下《お》りて、リビングへ行《い》った。

「モモカ、帰《かえ》ってたの？」

「うん、さっきね。ただいま」

「そう。客間《きゃくま》で掃除機《そうじき》かけてたから、全然《ぜんぜん》気《き》づかなかったわ」

わたしは冷蔵庫《れいぞうこ》からジュースのペットボトルを出《だ》して、コップに注《そそ》いだ。

「ママも飲《の》む？」

「ありがとう」

わたしたちはソファに並《なら》んで座《すわ》り、オレンジジュースを飲《の》んだ。

「ねえ、モモカ」

「ん？」

「さっき、小《ちい》さい生《い》きものみたいのが、客間《きゃくま》を走《はし》りぬけていった気《き》がするの」

てっきり、佐藤《さとう》くんとのお出《で》かけはどうだった？　とか聞《き》かれるのかなと思《おも》っていたわたしは、ママの言葉《ことば》に心臓《しんぞう》が飛《と》びだしそうになった。

まさか、ちびぱんが見《み》つかった？

わたしはオレンジジュースをゴクリと飲《の》み干《ほ》してから、勇気《ゆうき》を出《だ》してママに聞《き》いた。

「小《ちい》さい生《い》きものって、どんな？」

「なんかこう、金色《きんいろ》っぽくて、ものすごくすばやいの。ちゃんと見《み》ようと思《おも》ったら、もう消《き》えてて」

それって、きっとゴールドぱんだ！

くろぱんが言《い》ってたゴールドぱんが、うちにいたんだ！

ゴールドぱんを見《み》たら、いいことがあるんだっけ？　ママ、いいなあ。

「そんな生《い》きものいるわけないわよね。つかれてるのかしら？」

そうだ、うらやましがっている場合《ばあい》

じゃない。

「なにかと見《み》まちがえたんじゃない？　でも、無理《むり》はしないで、ちゃんと休《やす》んでね」

わたしはママをなぐさめてから、急《いそ》いで自分《じぶん》の部屋《へや》へもどった。

でかぱんたちに報告《ほうこく》しなくちゃ！

「ゴールドぱん？」

でかぱんの言葉《ことば》に、ちびぱんたちも集《あつ》まってきた。

「そう！　うちにゴールドぱんが現《あらわ》れたみたい。ママが見《み》たんだって」

「それで、ママはどうしたの？」

「ゴールドぱんがすばやすぎたから、なにかを見《み》まちがえたんだと思《おも》ってる。でも、これがでかぱんやちびぱんだったら、絶対《ぜったい》にごまかしがきかないから、注意《ちゅうい》してよね！」

「ママは、モモカみたいに受《う》け入《い》れてくれないの？」

でかぱんが不思議《ふしぎ》そうな顔《かお》をして聞《き》いた。

「うーん、パパならまだしも、ママはムリだと思《おも》うなあ」

言《い》いながら、わたしはこの前《まえ》ママと話《はな》したことを思《おも》い出《だ》した。

不思議《ふしぎ》な生《い》きものといっしょに暮《く》らすこと、できるって言《い》っていたけど……。

「キャーッ！」

とつぜん、庭《にわ》のほうからものすごい悲鳴《ひめい》が聞《き》こえたかと思《おも》うと、バタバタと勢《いきお》いよく階《かい》段《だん》を上《あ》がってくる足音《あしおと》がした。

それは、本当《ほんとう》に一瞬《いっしゅん》の出来事《できごと》だった。

ノックもなしにわたしの部屋《へや》のドアが勢《いきお》いよく開《ひら》いて、

「ねずみが出《で》たっ！」

とママがさけびながらかけこんできたのだ。

その声《こえ》に、でかぱんが

「キャーッ！　ねずみ、きらい！」

とさけび、でかぱんにびっくりしたちびぱんたちも、でかぱんにくっついて部屋《へや》の中《なか》を走《はし》りまわっていた。

いや、えっと、ちょっと待《ま》って……。今《いま》、なにが起《お》こってるの？

わたしがあわててママのほうを見《み》ると、ママの目《め》はキャーキャーさわいでふるえているもちぱんたちにくぎづけになっていた。

見《み》られちゃった！　ママに。もちぱんたちが動《うご》いているところを！

「ママ、ちがうの。あの、これはね……」

ママはぼうぜんとしたまま、もちぱんたちを見《み》ている。

でかぱんは、ママがいることなどすっかり忘《わす》れて、まだねずみをこわがっている。

そんなにねずみが苦手《にがて》だなんて知《し》らなかった。

それよりも、どうしよう。よりによってママに気《き》づかれるなんて……。

もうおしまいだ。

みんな、消《き》えちゃう！

わたしは言《い》いわけするのをあきらめて、ふるえているでかばんにギュッとだきついた。

「モモカ」

ママがとうとう言葉《ことば》を発《はっ》した。

「それ、パンダのぬいぐるみじゃなかったのね」

「……」

わたしはだまっていた。さすがにもうごまかせないとは思《おも》ったけど、認《みと》めたらどうなるかこわかったから。

しばらくの沈黙《ちんもく》のあと、ママが言《い》った。

「こないだの話《はなし》、本当《ほんとう》だったのね。モモカは、現実《げんじつ》のことを言《い》ってたんだ。うちにいたのね、不思議《ふしぎ》な生《い》きものが」

「ママ……」

なんて答《こた》えてよいかわからなかった。もちぱんたちはわたしの腕《うで》の中《なか》で、今起《いまお》こっていることをやっと理解《りかい》しはじめたようだった。

わたしはでかぱんの顔《かお》を見《み》つめた。でかぱんもわたしの顔《かお》をじっと見《み》つめている。

「夢《ゆめ》がかなったわ！　うれしいっ！」

若《わか》い女《おんな》の子《こ》のようなキャピキャピした声《こえ》が聞《き》こえて、わたしは自分《じぶん》の耳《みみ》をうたがった。

「えっ、ママ？」

「ママね、パパと結婚《けっこん》する前《まえ》は小《ちい》さいころから大事《だいじ》にしていた犬《いぬ》のぬいぐるみと毎日《まいにち》いっしょにねてたのよ」

そういえば、前《まえ》におじいちゃんち、つまりママの実家《じっか》へ行《い》ったとき、ぼろぼろの犬《いぬ》のぬいぐるみがあったような。

「あの子《こ》、ワンタンって言《い》うんだけど、いつか動《うご》いてしゃべってくれたらいいなあって、ずっと思《おも》ってたの。七夕《たなばた》の短冊《たんざく》にもなん度《ど》も書《か》いたわ。お星《ほし》さまにもおいのりしたのよ」

へえ、ママにそんな面《めん》があったなんてすごく意外《いがい》だ。

「ワンタンはぬいぐるみのままだったけど、まさかモモカのパンダが動《うご》き出《だ》すなんて。不思議《ふしぎ》な生《い》きものだったなんて！　ああ、夢《ゆめ》みたい！」

あっけにとられているわたしともちぱんたちを置《お》き去《ざ》りにして、ママは部屋《へや》の中《なか》でくるくる回《まわ》りだした。

そっか。ママだって、今《いま》はわたしのママだけど、ぬいぐるみが大好《だいす》きな小《ちい》さな女《おんな》の子《こ》だったときがあるんだよね。

「モモカ、ほら、だまってないでちゃんと紹介《しょうかい》してよ！」

「ああ、うん」

そんなわけで、わたしはでかぱんとちびぱんたちのことをママに紹介《しょうかい》した。

「ママ、よろしく」

もちぱんたちは、佐藤《さとう》くんのときのように、すぐにママにも自然《しぜん》に接《せっ》するようになった。

きつねにつままれたような気《き》がしているのは、どうやらわたしだけだ。

「ねえ、パパにはなんて言《い》う？」

「パパならだいじょうぶよ。きっとす

ぐに受《う》け入《い》れるから」

その日《ひ》、いつもより早《はや》めに帰《かえ》ってきたパパに、わたしはおそるおそるでかぱんとちびぱんを紹介《しょうかい》した。

さすがに、最初《さいしょ》は状況《じょうきょう》がうまく理解《りかい》できなかったようで、パパはしばらくの間《あいだ》キョトンとしていた。しかし、自由《じゆう》に動《うご》きまわるもちぱんたちを見《み》ているうちに、

「ああ、そうだったんだ。モモカがもち米《ごめ》をたくさんもらっている理由《りゆう》がわかってスッキリしたよ」

と笑顔《えがお》になってくれた。

そのあと、わたしたちはみんなで食卓《しょくたく》を囲《かこ》んだ。

パパと、ママと、わたしと、もちぱんたち。

でかぱんは、ママが作《つく》ってくれたもち米《ごめ》のおにぎりがすっかり気《き》に入《い》ったようで、ごきげん

だった。

いつかこんなふうに過《す》ごすのは、わたしの夢《ゆめ》だと思《おも》っていたけど、ママの夢《ゆめ》でもあったんだ。ママはゴールドぱんを目撃《もくげき》したから、夢《ゆめ》がかなったのかもしれない。

この不思議《ふしぎ》で楽《たの》しい出来事《できごと》を、あした学校《がっこう》へ着《つ》いたらすぐに佐藤《さとう》くんに話《はな》そう。そして、今度《こんど》は佐藤《さとう》くんもいっしょにうちでご飯《はん》を食《た》べたいな。

わたしは二枚目《まいめ》のカードのことはすっかり忘《わす》れて、そんなことを考《かんが》えていた。

天気《てんき》
はれ

11月《がつ》11日《にち》(土)モモカ

市立図書館《しりつとしょかん》で二枚目《まいめ》のカードに出《で》くわす
「ヒミツハ　カナラズ　シラレルコトニナル」
と書《か》いてあった。

ゴールドぱんを見《み》たママは
不思議《ふしぎ》な生《い》きものと暮《く》らすという
夢《ゆめ》をかなえた??
みんなで食《た》べるご飯《はん》って最高《さいこう》♡

第《だい》4話《わ》 事件解決《じけんかいけつ》！

パパとママともちぱんたちとはじめてご飯《はん》を食《た》べた夜《よる》、わたしは例《れい》のカードの件《けん》について、思《おも》い切《き》ってふたりに相談《そうだん》した。

「モモカをおどしているってことか」

パパはとてもいやそうな顔《かお》をしたけど、ママは不思議《ふしぎ》そうな顔《かお》をした。

「でも、おどしてなにかしてもらうことが目的《もくてき》なら、なんでわざわざそんな回《まわ》りくどいことをするのかしら？　実際《じっさい》には、モモカと話《はな》してもいないわけだし」

「そうだよね」

わたしがうなずくと、パパが険《けわ》しい表情《ひょうじょう》で
「とにかく、その子《こ》になにか言《い》われたら、パパたちにすぐ教《おし》えなさい！　自分《じぶん》だけで解決《かいけつ》しようと思《おも》わないように」

と言《い》った。

「うん」

パパの言葉《ことば》は心強《こころづよ》いけど、わたしだってもう五年生《ねんせい》だから、なんでもかんでも親《おや》に解決《かいけつ》してもらおうなんて思《おも》ってはいない。でも、両親《りょうしん》にもちぱんたちのことが知《し》られた今《いま》、こうして話《はな》せるだけでも少《すこ》しは心《こころ》が軽《かる》くなった気《き》がした。

次《つぎ》の日《ひ》、わたしの報告《ほうこく》を聞《き》いて、佐藤《さとう》くんは大《おお》きな目《め》をさらに大《おお》きく見開《みひら》いていた。
「えっ？　ほんとに？」
「うん、ほんとにほんと」

学校《がっこう》に着《つ》いて、佐藤《さとう》くんの姿《すがた》を見《み》かけるとすぐ、わたしは両親《りょうしん》にもちぱんたちの存在《そんざい》を知《し》られたことを話《はな》したのだ。

「長沢《ながさわ》さんちって、なんていうか、あの、すごいね」

佐藤《さとう》くんはいかにも感心《かんしん》したという顔《かお》で言《い》った。

「そう？　変《へん》かな？」

「そんなことない、ステキだと思《おも》うよ。おとなにも、そういう人《ひと》たちがいるんだなって」

佐藤《さとう》くんにそう言《い》われて、わたしはうれしくなった。

「カードのことも話《はな》したの？」

「うん。でも、佐藤《さとう》くんと同《おな》じで、動機《どうき》のことが引《ひ》っかかるみたいだった」

「そっか。やっぱりそうだよね」

ヤマさんが教室《きょうしつ》に入《はい》ってきて、わたしたちはそれぞれ席《せき》についた。

カードがはさまっていた『不思議《ふしぎ》な同居人《どうきょにん》、あらわる』の本《ほん》、読《よ》み終《お》わったから図書室《としょしつ》に返《かえ》したいけど、カードはどうしよう？　はさんで返《かえ》すっていうのも、なんだかおかしい気《き》がするし……。


放課後《ほうかご》、掃除《そうじ》を終《お》えて教室《きょうしつ》へもどると、佐藤《さとう》くんが血相《けっそう》を変《か》えて飛《と》びこんできた。

「いた！　長沢《ながさわ》さん、早《はや》く来《き》てっ」

そう言《い》って、ランドセルも背負《せお》い終《お》わっていないわたしの手《て》を引《ひ》っ張《ぱ》り、廊下《ろうか》をぐんぐん走《はし》っていく。

昇降口《しょうこうぐち》に着《つ》くと、佐藤《さとう》くんはやっと立《た》ちどまった。わたしは息《いき》を切《き》らしながら、くつをはきかえつつ、

「どうしたの？」

と聞《き》いた。

佐藤《さとう》くんがだまって指《ゆび》を差《さ》すほうを見《み》ると、そこにいたのは、例《れい》の背《せ》の高《たか》い男《おとこ》の子《こ》だった。

「あっ」

思《おも》わず大声《おおごえ》を上《あ》げそうになって、佐藤《さとう》くんに

「しっ！」

と言《い》われた。

「やっぱり、あの人《ひと》だよね？　こっそり、あとをつけよう」

小声《こごえ》でそう言《い》うと、佐藤《さとう》くんは先《さき》に立《た》って歩《ある》きだした。わたしもあわててそのあとを追《お》う。

スラッと背《せ》の高《たか》い男《おとこ》の子《こ》は、前《まえ》に見《み》たときと同《おな》じ、グレーのトレーナーを着《き》ていた。クラス

メイトと思《おも》われる男子《だんし》ふたりと話《はな》しながら歩《ある》いている。

わたしたちは彼《かれ》らの数《すう》メートルあとを、見《み》つからないように気《き》をつけながら歩《ある》いた。

商店街《しょうてんがい》にさしかかるところで、彼《かれ》は立《た》ちどまった。

「あ、オレ、きょうこっちなんだ。おつかいたのまれてて」

「そっか。じゃあな、アッシ」

「あしたな」

アッシっていう名前《なまえ》なんだ。有力《ゆうりょく》な情報《じょうほう》を手《て》に入《い》れた！

そう思《おも》って佐藤《さとう》くんのほうを見《み》ると、だまったまま大《おお》きくうなずいていた。

アッシという男《おとこ》の子《こ》は、他《ほか》のふたりと別《わか》れたあと、ひとりで商店街《しょうてんがい》を歩《ある》きだした。そして、
彼《かれ》が向《む》かった先《さき》はなんと、わたしがいつも行《い》くお米屋《こめや》さんだったのだ。

わたしと佐藤《さとう》くんは、だまったまま目《め》を見合《みあ》わせた。

ものかげにかくれて見《み》ていると、彼《かれ》はお米《こめ》を買《か》っていた。

そして、両手《りょうて》にひとつずつお米《こめ》の袋《ふくろ》を下《さ》げて、再《ふたた》び歩《ある》きだしたのだ。

さらにあとをつけようとしたとき、

「あれ、モモカちゃんに佐藤《さとう》くんじゃないか」

という声《こえ》がして、わたしたちは立《た》ちどまった。

幸《さいわ》い、その声《こえ》は彼《かれ》には届《とど》かなかったようで、あとをつけていたことは気《き》づかれずに済《す》んだけど、彼《かれ》はずんずん歩《ある》いていってしまった。

「どうしたのふたりで、そんなところにかくれて。探偵《たんてい》ごっこ？」

声《こえ》の主《ぬし》は、酒屋《さかや》のコウスケさんだった。

「はい、まあ、そんなところです。ね」

佐藤《さとう》くんがそう言《い》ったので、わたしも

「ね」

と合《あ》わせた。ああ、いいところだったのに……。

「ふーん。やっぱり、ふたりは仲《なか》がいいんだね。うんうん、いいことだ。そうだ、これあげるよ」

コウスケさんはそう言《い》って、前《まえ》かけのポケットからキラキラ光《ひか》る紙《かみ》に包《つつ》まれたチョコレートを取《と》りだし、佐藤《さとう》くんとわたしにひとつずつくれた。

「ありがとうございます！」

わたしたちはさっそく口《くち》の中《なか》にチョコレートを放《ほう》りこみ、もぐもぐしながらお米屋《こめや》さんへと向《む》かった。

「あら、モモカちゃん」

「こんにちは！　さっき、うちの小学校《しょうがっこう》の男《おとこ》の子《こ》、来《き》てましたよね？」

「ああ、あの背《せ》の高《たか》い子《こ》？」

「そうです。どこの子《こ》か知《し》っていますか？」

「さあねぇ、はじめて来《き》たのよ。もち米《ごめ》をたくさん買《か》っていって。モモカちゃんみたいね」

そう言《い》って、お米屋《こめや》さんのおくさんは笑《わら》った。

もち米《ごめ》！　あの袋《ふくろ》、もち米《ごめ》だったんだ！

他《ほか》のお客《きゃく》さんが来《き》たので、わたしたちはお米屋《こめや》さんをあとにした。

商店街《しょうてんがい》のはずれの小《ちい》さな公園《こうえん》に行《い》って、ベンチにこしかけ、きょう手《て》に入《い》れた情報《じょうほう》を整理《せいり》する。

「あの男《おとこ》の子《こ》の下《した》の名前《なまえ》はアッシで、もち米《ごめ》をたくさん買《か》っていた」

わたしが言《い》うと、佐藤《さとう》くんがしばらくじっとなにかを考《かんが》えてから、びっくりするようなことを口《くち》にした。

「長沢《ながさわ》さんの家《いえ》以外《いがい》にも、もちぱんがいることってありえる？」

えっ⁉　考《かんが》えたこともなかったけど、どうなんだろう？

「うちにいるもちぱんとはちがう、他《ほか》のもちぱんがいるかってことだよね？　それはわかんないな……」

「もしかして、アッシって人《ひと》の家《いえ》にも、もちぱんがいるのかなって思《おも》ったんだ」

「うそっ！　まさか！」

「うん。もちろん、もち米《ごめ》を買《か》っていたってだけで、もちぱんがいるとは言《い》えないけど、そう考《かんが》えると、いろいろなことのつじつまが合《あ》う気《き》がするんだ」

「どういうこと?」

「動機《どうき》だよ。わざわざあんなカードをはさんだりして、長沢《ながさわ》さんをおどす理由《りゆう》。アツシの家《いえ》にもちぱんがいて、長沢《ながさわ》さんちにももちぱんがいるらしいことがわかった。だけど、証拠《しょうこ》がない。彼《かれ》も、もちぱんのことは人《ひと》に知《し》られたくないから、確実《かくじつ》に長沢《ながさわ》さんちにもちぱんがいることを確認《かくにん》したかった。それで、ああいうカードを使《つか》って反応《はんのう》を見《み》ていたのかも」

「そんな……。仮《かり》にそうだとして、うちにももちぱんがいるってわかったら、アツシっていう人《ひと》はいったいなにをしたいんだろう? もちぱんどうしが実《じつ》は兄弟《きょうだい》で、再会《さいかい》させたいとか?」

「うーん、そういうこともあるかもしれないけど、ぼくの推理《すいり》はこうだよ。彼《かれ》はもちぱんに食《た》べさせるために、もち米《ごめ》を買《か》わなくてはいけない。家族《かぞく》にナイショにしているとしたら、自分《じぶん》のおこづかいでもち米《ごめ》を買《か》う必要《ひつよう》がある。困《こま》っていたとき、商店街《しょうてんがい》のお米屋《こめや》さんで自分《じぶん》と同《おな》じようにもち米《ごめ》を買《か》う女《おんな》の子《こ》を見《み》かけた」

「わたしのことね」

「そう。ところが、彼女《かのじょ》はお金《かね》を払《はら》っていなかった。なぜなら、もち米《ごめ》一年《ねん》間《かん》無料券《むりょうけん》を持《も》っているからだ」

「商店街《しょうてんがい》のポスターを描《か》いて、最優秀《さいゆうしゅう》賞《しょう》をもらったときの景品《けいひん》のね」

「彼《かれ》は彼女《かのじょ》がうらやましかった。そこで、なんとか彼女《かのじょ》に近《ちか》づき、自分《じぶん》の家《いえ》の分《ぶん》のもち米《ごめ》をわけてもらいたかった。そんなとこかな？」

「なるほど！　もし、そうだとしたら、

アッシっていう人《ひと》の家《いえ》のもちぱんにも会《あ》ってみたい！　見《み》た目《め》や性格《せいかく》がどうちがうかとか、家《か》族《ぞく》には話《はな》したのかとか、いろいろ話《はな》してみたいなあ」

なんだか急《きゅう》に楽《たの》しくなってきたわたしを見《み》て、佐藤《さとう》くんは不満《ふまん》そうに口《くち》をとがらせた。

「せっかく心配《しんぱい》して、一生《いっしょう》けんめい推理《すいり》したのに……」

「えっ？　あっ、佐藤《さとう》くんの推理《すいり》、すごいと思《おも》うよ！　なんかもう、それが正解《せいかい》みたいな気《き》がしてるし」

「だとしたら、長沢《ながさわ》さんはアッシとものすごく仲《なか》よくなるんだろうな。これからはもちぱんのことで困《こま》っても、ぼくじゃなくて、アッシに相談《そうだん》するようになるんだ。アッシのほうが年上《としうえ》だし、背《せ》も高《たか》いし」

佐藤《さとう》くんらしくない言葉《ことば》に、わたしはとまどった。背《せ》が高《たか》いことは、あんまり関係《かんけい》ないような気《き》もするけど……。

もしかして、これがママが言《い》ってたヤキモチなのかな？

「そんなことないよ。もちぱんのことでも、そうじゃないことでも、佐藤《さとう》くんに一番《いちばん》に話《はな》したいって思《おも》うよ」

そう言《い》うと、佐藤《さとう》くんはホッとしたような笑顔《えがお》を見《み》せた。そして、わたしの手《て》を取《と》り、ぎゅっと強《つよ》くにぎりながらこう言《い》った。

「あした、学校《がっこう》でアツシを見《み》つけだして、話《はなし》を聞《き》こう！」

「うん！」

家《いえ》に帰《かえ》ると、でかぱんがリビングのソファでゴロゴロしながら、のんきにテレビを見《み》ていた。

そのもちもちの体《からだ》のあちこちに、ちびぱんたちがくっついている。

「あ、モモカ。おかえり〜」

「ママは？」

「おしょうゆを買《か》い忘《わす》れたから、スーパーに行《い》ってくるって」

「そう。でかぱんにちょっと聞《き》きたいことがあるんだ」

「なに？　今《いま》、大事《だいじ》な任務中《にんむちゅう》なんだけど」

「なによ、大事《だいじ》な任務《にんむ》って。テレビ見《み》てるだけじゃない」

わたしがでかぱんに向《む》かってこう言《い》うと、ちびぱんたちが口《くち》をはさんだ。

「でかぱんはママに、ドラマの続《つづ》きを見《み》てってたのまれたんだよね～」

「そう。大事《だいじ》な任務《にんむ》でしょ」

そうかなあ？

「ねえ、ドラマもいいけど、現実《げんじつ》の事件《じけん》

のほうに進展《しんてん》があったよ！」

「なんだって！」

でかぱんは意外《いがい》にもすばやく起《お》き上《あ》がると、ちびぱんたちに向《む》かってえらそうに、

「きみたち、ドラマの続《つづ》きを見《み》ているように」

と言《い》い、わたしのほうへ向《む》きなおった。

だらだらしているように見《み》えたけど、一応《いちおう》、探偵団《たんていだん》としての自覚《じかく》はまだあるみたいだ。

わたしはでかぱんに、アツシのことや、佐藤《さとう》くんの推理《すいり》について説明《せつめい》した。

「ねえ、うち以外《いがい》の家《いえ》に、もちぱんが住《す》んでいることってある？」

わたしの質問《しつもん》に、でかぱんは首《くび》を横《よこ》にふった。

「わからない」

そっか。うーん、もちぱんたちって、やっぱりナゾが多《おお》い生《い》きものなんだなあ。

「もちぱんの仲間《なかま》は、でかぱんやちびぱんの他《ほか》にも、くろぱんやしろぱん、ゴールドぱんと

か、いっぱいいるんだよね？　でかぱんは他《ほか》のでかぱんには会《あ》ったことないの？」

「会《あ》ったことはない。どこかにいるかもしれないし、いないかもしれない」

そうなんだ。じゃあ、アッシの家《いえ》にでかぱんやちびぱんや、その他《ほか》のもちぱんたちがいる可能性《かのうせい》は、結局本人《けっきょくほんにん》に聞《き》いてみなければわからないってことか。

「あした、アッシって人《ひと》と話《はなし》をして来《く》るよ」

言《い》いながら、わたしはでかぱんにだきついた。

「どういう結果《けっか》になるかわからないけど、事件《じけん》が無事《ぶじ》に解決《かいけつ》するように祈《いの》ってて」

「うん」

「……いなくならないでね」

「うん。たぶん」

なみだが出《で》そうになったのをごまかすように、ぎゅぎゅっと力《ちから》いっぱいだきしめたので、またでかぱんの形《かたち》がおかしくなってしまった。

アッシという名《な》の背《せ》の高《たか》い人物《じんぶつ》は、六年《ねん》四組《くみ》にいた。

去年《きょねん》の三学期《がっき》にうちの小学校《しょうがっこう》へ転入《てんにゅう》してきたらしい。どうりで知《し》らなかったはずだ。

「もちぱんの話《はなし》は、他《ほか》の人《ひと》がいるところではしないほうがいいから、きのうみたいにあとをつけて、放課後《ほうかご》ひとりになったところで話《はな》しかけよう」

佐藤《さとう》くんの言葉《ことば》にうなずいたものの、わたしは授業中《じゅぎょうちゅう》も、休《やす》み時間《じかん》も、給食《きゅうしょく》の時間《じかん》も、掃除《そうじ》の時間《じかん》もずっとソワソワしていた。

アッシは、実《じつ》はとても意地悪《いじわる》でいやな人《ひと》かもしれない。そういうときは、年下《としした》だからってバカにされないよう、ガツンと言《い》ってやらなきゃ！

でも、実《じつ》はとてもいい人《ひと》で、もちぱんの話《はなし》をたくさんできるかもしれないし……。

そんな考《かんが》えが、ぐるぐるぐるぐる頭《あたま》の中《なか》を行《い》ったり来《き》たりしていた。

帰《かえ》りのホームルームが終《お》わると、すぐに佐藤《さとう》くんといっしょに廊下《ろうか》へ飛《と》びだした。

「行《い》こう！」

「うん！」

わたしたちは階段《かいだん》をかけ上《のぼ》り、六年《ねん》四組《くみ》の教室《きょうしつ》へ急《いそ》いだ。六年《ねん》四組《くみ》は、まだホームルームの最中《さいちゅう》だった。

「長沢《ながさわ》さん、カードは？」

「うん、持《も》ってきた」

ただ話《はな》しただけでは、アツシは知《し》らないふりをするかもしれない。そのときのために、一枚《まい》目《め》のカードと、カードがはさまっていたあの本《ほん》を持《も》ってきている。これを目《め》の前《まえ》に出《だ》して反応《はんのう》を見《み》ようという作戦《さくせん》だ。

イスをひくガタガタという音《おと》が聞《き》こえたかと思《おも》うと、六年《ねん》四組《くみ》の教室《きょうしつ》がいっせいにさわがしくなった。ホームルームが終《お》わったのだ。

わたしはキンチョウのあまり、今《いま》にも心臓《しんぞう》が飛《と》びだしそうになった。

お願《ねが》い！　お願《ねが》い！　もちぱんたちが消《き》えませんように！

アツシは、きのうと同《おな》じ男《おとこ》の子《こ》ふたりと昇降口《しょうこうぐち》を出《で》た。そのあとを数《すう》メートルあけて、佐藤《さとう》くんとわたしが歩《ある》いている。

きのうは、商店街《しょうてんがい》にさしかかった場所《ばしょ》で、アツシは他《ほか》のふたりと別《わか》れていた。お米屋《こめや》さんでもち米《ごめ》を買《か》うためだ。しかし、きょうは商店街《しょうてんがい》のほうへは行《い》かないで、そのまま三人《にん》で歩《ある》いている。

やがて、人《ひと》けのない住宅街《じゅうたくがい》の一角《いっかく》で、三人《にん》は「じゃあな」と言《い》い合《あ》い、それぞれ別々《べつべつ》の道《みち》へと歩《ある》いていった。

佐藤《さとう》くんのほうを見《み》ると、なにも言《い》わずにうなずいた。いよいよだ！

「ちょっと、すみません！」

佐藤《さとう》くんに声《こえ》をかけられ、あたりをきょろきょろしながら、アッシは立《た》ちどまった。

「え、オレ？　なに？」

不思議《ふしぎ》そうな顔《かお》をして、アッシはわたしたちに向《む》きなおった。意地悪《いじわる》そうな様子《ようす》は、まったく感《かん》じられない。むしろ、いい人《ひと》そうなくらいだ。でも、油断《ゆだん》はできない。

わたしは一枚目《まいめ》のカードをアッシの目《め》の前《まえ》につきつけた。

「これ、あなたのですよね？」

アッシは、カードを目《め》にした瞬間《しゅんかん》、目《め》を大《おお》きく見開《みひら》いた。あまりに反応《はんのう》がいいので、わたしのほうがとまどったくらいだ。そして、

「そうだよ！　これ、ずいぶん探《さが》してたんだ。どこにあったの？」

と聞《き》いてきたのだ。

わたしはアッシのくったくのない様子《ようす》に、あぜんとした。もちろん、佐藤《さとう》くんも。

佐藤《さとう》くんがいくらか落《お》ち着《つ》きを取《と》りもどし、

「学校《がっこう》の図書室《としょしつ》の本《ほん》の中《なか》にはさまっていたんです」

と言《い》ったので、わたしはあわてて例《れい》の本《ほん》を差《さ》しだした。

「やっぱり！」

アッシは大声《おおごえ》を上《あ》げた。

「あいつ、この本《ほん》にカードをはさんでたのか。図書室《としょしつ》でイスに置《お》いてあったのを探《さが》したんだけど、見当《みあ》たらなかったのに」

「それって、今月《こんげつ》の最初《さいしょ》の水曜日《すいようび》ですか？」

「そうそう。水曜日《すいようび》は塾《じゅく》が休《やす》みだから、図書室《としょしつ》に寄《よ》って帰《かえ》るんだ」

ということは、わたしがイスに置《お》いていた本《ほん》をアッシがさわっていたのは、カードをはさむためじゃなくて、探《さが》すためだったってこと？

「あいつって、だれか他《ほか》の人《ひと》がこのカードをはさんだということですか？」

佐藤《さとう》くんが聞《き》くと、アッシはまいったというように頭《あたま》をかきながら答《こた》えた。

「弟《おとうと》なんだ。二年生《ねんせい》なんだけど、いたずらし放題《ほうだい》で困《こま》ってるんだ。このカード、知《し》ってるだろ？」

佐藤《さとう》くんが「知《し》りません」と言《い》うと、アッシは意外《いがい》だという顔《かお》をした。

「『秘密《ひみつ》の森《もり》』ってミステリーゲーム、知《し》らない？　こないだ、いとこからもらったんだ」

「このカードが、そのゲームとなにか関係《かんけい》があるんですか？」

わたしが聞《き》くと、アッシはうなずいた。

「このゲームには『秘密《ひみつ》カード』っていうのがついてくるんだ。そう、そのカードのこと。カードの言葉《ことば》をゲームのとちゅうで入力《にゅうりょく》すると、結末《けつまつ》が変《か》わるんだ」

「へえ、おもしろそう」

「だろ？　だけどそのうちの二枚《まい》がなくなったんだ。弟《おとうと》を問《と》いつめたら、オレの机《つくえ》の上《うえ》にあった本《ほん》にはさんだっていうわけ。でも、それを聞《き》いたのは、本《ほん》を全部《ぜんぶ》返《かえ》したあとだったんだ」

そうか。それで、自分《じぶん》がいったん返《かえ》した本《ほん》にカードがないか探《さが》していたんだ。

「しかも、借《か》りていた本《ほん》は、学校《がっこう》の図書室《としょしつ》の本《ほん》と市立図書館《しりつとしょかん》の本《ほん》が混《ま》ざっていた。だから、どれにはさまっていたのか、探《さが》すのに苦労《くろう》していたんだよ」

「その本《ほん》の中《なか》に、『不思議《ふしぎ》アパートシリーズ』がなん冊《さつ》かあったんですね？」

市立図書館《しりつとしょかん》の本《ほん》にはさまっていた二枚目《まいめ》のカード。あれもそのゲームのカードだったのか。

「そうそう。オレ、あのシリーズ好《す》きなんだ。読《よ》んだことある？」

「はい。こないだ一冊目《さつめ》を読《よ》み終《お》わりました。このカードは、そこにはさまっていたんです。同《おな》じようなカードが、市立図書館《しりつとしょかん》にあったこのシリーズの二冊目《さつめ》にもはさまっていました」

「二冊目《さつめ》っていうと、『不思議《ふしぎ》な同居人《どうきょにん》、ふたたび』っていうやつ？」

「そうです」

「そっかあ。学校《がっこう》の図書室《としょしつ》では貸《か》し出《だ》し中《ちゅう》だったから、市立図書館《しりつとしょかん》まで借《か》りに行《い》ったんだよ」

なんだあ。ということは、この人《ひと》がもちぱんのヒミツを知《し》っていたわけじゃないんだ。

ああ、よかったあ！

あれ、じゃあ、もう事件解決《じけんかいけつ》ってこと？　そういえば、もち米《ごめ》の件《けん》は？

「きのう、ぼくたち、たまたまあなたがお米屋《こめや》さんでもち米《ごめ》を買《か》っているところを見《み》かけたんですけど、おつかいだったんですか？」

佐藤《さとう》くんがなに気《げ》ない感《かん》じで聞《き》くと、アッシはこう答《こた》えた。

「ああ、きのううちの父《とう》さんの誕生日《たんじょうび》だったんだよ。父《とう》さん、赤飯《せきはん》が大好《だいす》きでさ。知《し》ってる？　赤飯《せきはん》ってもち米《ごめ》で作《つく》るんだよ」

「そうなんだ。それでもち米《ごめ》を買《か》ってたんですね。ところで、『もちぱん』って聞《き》いたことありますか？」

わたしはそう言《い》って、アッシの目《め》をじっと見《み》た。

アッシはきょとんとして
「なんだよ、それ。もちかパンかどっちかにしろよなって感《かん》じ」

と言《い》いながら笑《わら》った。

その様子《ようす》からは、この人《ひと》がとてもウソをついているとは感《かん》じられなかった。

この人《ひと》、わたしのヒミツのことなんて、全然《ぜんぜん》知《し》らなかったんだ！

佐藤《さとう》くんも、こっちを見《み》てほほえんでいる。

佐藤《さとう》くんの推理《すいり》ははずれちゃったけど、これで事件解決《じけんかいけつ》だ！

「ねえ、『不思議《ふしぎ》アパートシリーズ』って、どこまで読《よ》んだの？」

アツシがわたしに向《む》かって親《した》しげに聞《き》いてきた。

「まだ一冊目《さつめ》。これから二冊目《さつめ》を読《よ》もうかなって」

「そうなんだ。二冊目《さつめ》もおもしろいよ。モワンがさ……」

『不思議《ふしぎ》アパートシリーズ』の話《はなし》で、わたしとアツシが盛《も》り上《あ》がっていると、佐藤《さとう》くんがわたしの腕《うで》を急《きゅう》にグッと引《ひ》っ張《ぱ》った。

「もういいでしょ、帰《かえ》ろ！」

「ああ、うん。またね！」

わたしはあわててアツシに手《て》をふると、もうスタスタ歩《ある》きだしている佐藤《さとう》くんのあとを追《お》った。もしかして、またヤキモチ焼《や》いちゃったのかなあ。

となりに並《なら》ぶと、佐藤《さとう》くんはわたしの手《て》から『不思議《ふしぎ》な同居人《どうきょにん》、あらわる』の本《ほん》をうばった。

「ぼくも次《つぎ》はこれを読《よ》む」

「でも、探偵団《たんていだん》のシリーズは？」

「それも読《よ》むけど、長沢《ながさわ》さんと同《おな》じ本《ほん》を読《よ》んで、その話《はなし》したいから」

佐藤《さとう》くんはいつもよりも早足《はやあし》でずんずん前《まえ》へと歩《ある》いていく。

「佐藤《さとう》くん！」

立《た》ちどまって呼《よ》ぶと、佐藤《さとう》くんは足《あし》を止《と》めてこちらをふり返《かえ》った。

思《おも》い切《き》って言《い》ってみようかな。「わたしが好《す》きなのは佐藤《さとう》くんだよ」って。

「あのね、わたしね……」

そのときだった。聞《き》きなれた声《こえ》に呼《よ》びとめられたのは。

「あら、モモカじゃない！　佐藤《さとう》くんも」

そこにいたのは、買《か》い物袋《ものぶくろ》を両手《りょうて》に下《さ》げたママだった。

「よかったら、佐藤《さとう》くんもいっしょにうちでご飯《はん》食《た》べない？　もちぱんたちのこと知《し》ってるんでしょ。あの子《こ》たちといっしょに夕飯《ゆうはん》ってどう？」

ママの言葉《ことば》に、佐藤《さとう》くんの目《め》がかがやいた。

「わあ、楽《たの》しそう！」

「佐藤《さとう》くんの家《いえ》には連絡《れんらく》しておくから。ね、そうしましょうよ」

こうして、わたしの告白《こくはく》はママのせいで実現《じつげん》しなかった。

でも、今《いま》はまだ言《い》わなくてもよかったかもしれない。

またいつか言《い》えそうなときがきたら、ね。

この日《ひ》は、パパも早《はや》めに帰《かえ》ってきたので、みんなですき焼《や》きを食《た》べた。

といっても、もちぱんたちは、いつもどおりもち米《ごめ》のおにぎりを食《た》べていたけど。

「事件解決《じけんかいけつ》、おめでとう！　みんなが無事《ぶじ》でよかったよ。さあ、佐藤《さとう》くんもたくさん食《た》べて」

パパがそう言《い》って、佐藤《さとう》くんにお肉《にく》や野菜《やさい》をたくさん盛《も》ってあげた。佐藤《さとう》くんは相変《あいか》わらず礼儀正《れいぎただ》しくしていたけど、すき焼《や》きよりも、もちぱんたちに興味《きょうみ》があるのは明《あき》らかだった。

佐藤《さとう》くんって、ほんとにもちぱんたちのことが好《す》きそう。わたしのことより、もちぱんのほうが好《す》きなんじゃないかな？

そう思《おも》うと、ちょっと胸《むね》がモヤッとした。もしかして、これがヤキモチ？

佐藤《さとう》くんは、食事《しょくじ》の間《あいだ》じゅう、目《め》をキラキラさせながら、でかぱんがもち米《ごめ》のおにぎりをパクパク食《た》べるのを、穴《あな》があくほど見《み》つめていた。

佐藤《さとう》くんが帰《かえ》ったあと、わたしはもちぱんたちと部屋《へや》でのんびりくつろいだ。

「みんながいなくなくて、ほんとによかったあ！」

でかぱんをだっこしながらそう言《い》うと、でかぱんが

「これからももち米《ごめ》のおにぎり、よろしく」

と答《こた》えた。そこへ、

「どうやら一件落着《いっけんらくちゃく》か」

という声《こえ》がして、くろぱんとしろぱんが現《あらわ》れた。

「うん。佐藤《さとう》くんはヒミツをもらしていなかったよ」

「そうか。あいつは信用《しんよう》できるヤツなんだな」

うたがい深《ぶか》いくろぱんにそう言《い》われると、なんだかうれしかった。

「そういえば、ママがうちでゴールドぱんを見《み》たらしいよ。くろぱんは？　探《さが》してるって言《い》ってたよね？」

「まだ見《み》かけていない」

くろぱんが言《い》った、まさにその瞬間《しゅんかん》だった。
くろぱんとしろぱんがいたすぐ横《よこ》を、光《ひか》りかがやくなにかがさっと通《とお》りすぎたのは！

「ゴールドぱんだ！」

ちびぱんたちがいっせいに歓声《かんせい》を上《あ》げた。
「うそっ！　今《いま》のが？」
くろぱんのほうを見《み》ると、感動《かんどう》のあまりプルプルふるえている。
「くろぱん、よかったね！　でも、どうしてそんなにゴールドぱんに会《あ》いたかったの？」
わたしが聞《き》くと、だまっているくろぱんの代《か》わりに、しろぱんが答《こた》えてくれた。

「くろぱんは、ゴールドぱんに会《あ》ったら、自分《じぶん》のやさぐれた性格《せいかく》が変《か》わるかもしれないって思《おも》ってたみたい」

「あっ、こら、よけいなことを……」

しろぱんに言《い》われて、くろぱんは照《て》れくさそうに頭《あたま》をかいた。

そんなくろぱんの様子《ようす》を見《み》て、わたしは少《すこ》しおどろいた。そっか、くろぱんも好《す》きでやさぐれているわけじゃないんだよね。

「よかったね、くろぱん」

わたしがそう言《い》うと、くろぱんは照《て》れくさそうにしたまま、コクリとうなずいた。

「モモカは？　どんなよいことが起《お》こるとうれしいの？」

いつのまにかくっついてきていたでかぱんが、わたしの顔《かお》をじっと見《み》つめながら聞《き》いた。

よいことかあ。やっぱり、今《いま》はこれしか考《かんが》えられない。

「まだまだずっと、みんなとこうして過《す》ごす日々《ひび》が続《つづ》くといいなあ」

「続《つづ》くさ、きっと」

いつもよりやさしいくろぱんの言葉《ことば》に、わたしは少《すこ》し泣《な》きそうになったのだった。

（おわり）

11月《がっ》14日《にち》(火)でかぱん　天気《てんき》 はれ

もちぱん探偵団《たんていだん》の大活《だいかつ》やくのおかげ?で
ナゾのカード事件《じけん》が無事《ぶじ》解決《かいけつ》!
ついにゴールドぱんに会《あ》ったくろぱんは、
前《まえ》よりちょっとやさしくなった?

お赤飯《せきはん》って、もち米《ごめ》でできてるんだって。
おいしそう……。

キラピチブックス

もちもちぱんだ もちぱんのヒミツ大作戦
もちっとストーリーブック

2018年4月3日　第1刷発行

著　たかはしみか
原作・イラスト　Yuka（株式会社カミオジャパン）

発行人　川田夏子
編集人　松村広行
編集　鈴木伊織
編集協力　株式会社カミオジャパン
　株式会社スリーシーズン
校正　上埜真紀子
デザイン　佐藤友美
本文DTP　株式会社アド・クレール
印刷所　大日本印刷株式会社
発行所　株式会社学研プラス
　〒141-8415 東京都品川区西五反田 2-11-8

●お客さまへ
［この本に関する各種お問い合わせ先］
・本の内容については Tel 03-6431-1462（編集部直通）
・在庫については Tel 03-6431-1197（販売部直通）
・不良品（落丁、乱丁）については Tel 0570-000577
　学研業務センター
　〒354-0045 埼玉県入間郡三芳町上富 279-1
・上記以外のお問い合わせは　Tel 03-6431-1002（学研お客様センター）
［お客様の個人情報の取り扱いについて］
ハガキの応募の際、ご記入いただいた個人情報（住所や名前）は賞品発送のほか、商品・サービスのご案内、企画開発のためなどに㈱学研プラスにて使用させていただく場合があります。また、お預かりした個人情報を使った賞品発送を㈱学研スマイルハートに委託いたします。お寄せいただいた個人情報に関するお問い合わせ、および個人情報の削除・変更のご依頼は㈱学研プラス音楽・キャラクター事業室（TEL.03-6431-1462）までお願いいたします。なお、当社の個人情報保護については HP（http://gakken-plus.co.jp/privacypolicy）をご覧ください。

学研グループの書籍・雑誌についての新刊情報・詳細情報は、下記をご覧ください。
学研出版サイト　http://hon.gakken.jp/